Komasaufen bis zur Frühverrentung. Delirien. Abstürze. Wahnvorstellungen. Herber Säufersex. Fast ein Leben lang. Du bist faktisch tot. Aber dann geht´s los. Dir erscheint der Brian Wilson, und in deiner hohlgesoffenen Birne läuft danach nur noch *Do it again*. Und dann erscheinen dir noch mehrere jenseitige Wesenheiten, der Saufgott Bacchus und die göttliche Isais, und die geben dir übermenschliche Kräfte, mit denen du dich nicht nur unendlich verkleinern und in beliebige Wesen und Seinszustände verwandeln kannst, von deiner neuen Trinkfestigkeit und deiner neuen Intelligenz ganz zu schweigen. Und dann die magische Untersbergtour, alter Schwede, und im Untersberg sind die bösen braunen Queckorks, und Karl der Große, und die Goten, und die Zygoten, und der Hitler, und die Hitlergeneräle, und der Himmler, und die Himmlergeneräle, und die Templer, und die magischen Geschenke von der Isais, und die Verschwundenen, und und und. Also die Untersbergtour, das wird eine derart abgefahrene Reise, dass dir dagegen jeder bisher geträumte Alptraum und jeder bisher gesehene Horrorfilm wie ein Kindergeburtstag vorkommt.

Lothar Schenk wurde 1954 in Borken geboren und lebt in Kirchanschöring.

Lothar Schenk

Saufen Wie Immer Und Dann Kommt der Untersberg...

Satirische Erzählung

Ausführliche Informationen über den Autor
und seine Bücher finden Sie auf seiner
Website
<u>lothar-schenk.jimdo.com</u>

Umschlaggestaltung, Bilder, Karikaturen:
© 2012 Lothar Schenk

Herstellung und Verlag:
BoD – Books on Demand, Norderstedt
ISBN: 9783756872428

1 Säufer

Die Gemeinheit, die von einem Säufer ausgeht, ist unbeschreiblich. Sie richtet sich gegen alles und alle, ob tot oder lebendig, selbst gegen eine Kaffeetasse, die vermeintlich an der falschen Stelle auf dem Tisch steht, oder gegen einen Löffel neben einem Suppenteller, oder gegen einen ungünstigen Lichtstrahl, vielleicht weil er blendet.

Jetzt pass auf, du sitzt vor der Theke auf deinem Barhocker, und der Wirt bedient den gerade erst von draußen hereingekommenen Mann vor dir, obwohl du schon vor fünf Minuten bestellt hast, viertel Rotwein mit Beiwagen, also Rotwein plus Ouzo, und jetzt fängt der Vordrängler mit dem Wirt auch noch ein Gespräch an, zum Beispiel über Fußball, und du zitterst innerlich schon gewaltig, und dann kann nach dem zehnten Rotwein mit Beiwagen natürlich das Licht schon mal gewaltig ausgehen, oder, und schon wieder Hausverbot, und dann kommt wie immer die bange Frage und jetzt, wohin jetzt, und meist erledigt sich die bange Frage von selbst, du gehst heim.

Schlimm sind die ein zwei Tage, aber der Versuch ist es doch wert, oder, du musst es versuchen, weil wenn du erst einmal Alkoholiker bist, geht gar nichts mehr, und du hast zwar jedes Mal Angst vor diesen Entzugserscheinungen, aber jedes Mal hast du nur die Schlafstörungen und die schlechte Laune, manchmal auch noch das schlechte Sehen können, also kein Zittern und keine Schweißausbrüche und kein Delir.

Dein Tagwerk ist das sinnlose Aufbäumen gegen deine fortschreitende Umnachtung, und es ist diese beklemmende Verlangsamung, in deren Verlauf du wie ein sterbender Langstreckenläufer spürst, wie du immer weniger Boden gutmachen kannst.

ERLÖSUNG!

Seit du mit dem Spiel begonnen hast, steht sie in Großbuchstaben auf deiner Hirntafel, die ERLÖSUNG, und mit dem ersten Vollrausch hat sie eine vollständige Kraft entwickelt, und jetzt offenbaren sich dir große Visionen, zum Beispiel die Lichtvisionen, und die kommen aus dem Süden, mit Palmengedanken, mit Strandgedanken, mit Zypressengedanken, mit Urlaubsgedanken, mit Freundinnengedanken, mit Bikergedanken, mit Sonnenuntergängen, und seit du die südlichen Sonnenuntergänge entdeckt hast, photographierst du nur noch Sonnenuntergänge, überall, weil

Sonnenuntergänge sind die kosmischen Vorboten neuer Visionen, großer Ideen von deiner eigentlichen Bestimmung, vom eigentlichen Leben, von der eigentlichen Welt, vom Universum, und Sonnenuntergänge laden dich besonders intensiv zum Trinken ein, zum Beispiel vor dem Essen, und eigentlich hat deine Suche ja schon vorher begonnen, weil vorher stand schon Freiheit auf deiner Hirntafel, aber irgendwer muss den nassen Schwamm genommen haben, und er muss sich eingeschlichen haben, nachts, während du von Freiheit und Erlösung geträumt hast, und dann hat er während einer Tiefschlafphase, oder während einer Rauschkomaphase, die Freiheit von deiner Hirntafel weggewischt, und du hast gar nichts gemerkt, einfach futsch, die Freiheit, und jetzt pass auf, ich könnte mir auch gut vorstellen, dass du das selbst warst, also das mit der weggewischten Freiheit, und du hast gar nichts gemerkt.

Nicht in der Auswahl wird das Spiel gefährlich, zum Beispiel Arbeit und Stress, oder Arbeit und Arbeitskollegen, obwohl…, sondern in der Kombination, zum Beispiel Arbeit und Stress und Feierabend und Stammkneipe, oder Urlaub und Freundin und Rotwein mit Beiwagen, oder einfach nur Freundin und Freundin und Rotwein und Rotwein, und dann kommt das Finale.

Wie sagt Malcolm Lowrys trauriger Held in *Under the Volcano* sinngemäß: Ein Gentleman wird sich doch wohl noch mit einer Flasche gepflegt auf eine Straße legen dürfen, oder.

Und wie pflegte mein alter Bikerfreund aus dem Ruhrpott immer zu sagen: Bloß nich dat Gas wegnehmen, dat is totale Scheiße.

Spätestens dann, wenn du zum ersten Mal beim Vögeln auf deiner Freundin einpennst, ist es zu spät, dann beginnt für dich die zweite Halbzeit, und das Spiel nimmt einen völlig unerwarteten Verlauf. Der Spaßfaktor geht verloren, und dem Säufer geht die Puste aus. Zuerst kaum spürbar, hat für dich die Zeit des Groben begonnen. Du bist jetzt Zwangsarbeiter der Alkoholdiktatur, und du nennst das immer noch Party.

Was war denn früher? Ich rede von deinem Hass, von deiner kalten Mutter, von deinem brutalen bösartigen Vater, von deiner beschissenen Schulzeit, von den beschissenen Lehrern, und von deiner Schwäche. Die Anderen waren immer besser und stärker, oder? Und dann hast du mit dem Spiel begonnen, und du wolltest es allen zeigen, allen, und das Spiel ging immer weiter, und du wurdest immer stärker, und sie haben dich bewundert, den

9

tollen Spieler, den Gewinner. Damals war das Wort Säufer noch kein Thema für dich. Saufen gehörte dazu. Das war Stärke. Das war Freiheit. Das war Bewusstseinserweiterung und lustvolle Kommunikation. Das war Leben. Das war Party.

Neulich hast du am Tresen den Thorben getroffen. Du bist ein alter Mann geworden, hat er zu dir gesagt, und gleich hat er dich gefragt, wo die Frau Doktor geblieben ist, also die mit dem, du weißt schon, und dann sind dir für einen kurzen Moment fast alle Frauen Doktorinnen durch deinen angetüdelten Kopf geflogen, und einige haben sogar *Do it again* gesummt, und dann ist dir der Brian Wilson im Jesusgewand erschienen, da hast du dann schnell noch einen Rotwein mit Beiwagen bestellt, bevor der Thorben weiterreden konnte.

Hat er sie nicht geheiratet, hat er dich dann gefragt, und du hast nein, hat er nicht, geantwortet, und dass alt relativ ist, mal so, mal so, und dann hat dich der Thorben gefragt: Seit wann bist du hier, und du hast zehn vielleicht zwölf Minuten geantwortet, gefühlte versteht sich, und der Thorben hat dann und gesagt, einfach nur und, aber und mit Fragezeichen, und du hast ihm geantwortet: Ich habe gar nichts gemerkt. Minutenlang hat der Thorben dann über das gar nichts gemerkt nachgedacht, also mindestens zwei Rotweine mit zwei Beiwagen lang, und dann hat er dich ganz schön angriffslustig: Was, gemerkt, gefragt und du dann zurück: Ja wie schnell das alles vorbei geht, und er dann: Wie, vorbeigeht, und du: Ja das Leben, alles, und genau in diesem Augenblick haben die Beginning of the End damit begonnen *Funky Nassau* in deinem Kopf zu tröten, und sofort hast du Neunzehnhunderteinundsiebzig zum Thorben gesagt, und dann noch ein zweites Mal: Ich meine Neunzehnhunderteinundsiebzig, *Funky Nassau*, die haben damals mit Cloggs getanzt, also die Disko, und der Thorben: Keine Ahnung, *Funky Nassau*, was ist das denn. Der Brian Wilson hat sich dann eingeschaltet und *Do it again* im Kopf gespielt, und du hast zum Thorben geflüstert: Ich wollte ihr gestern in den Arsch ficken, und der Thorben hat zurückgeflüstert: Welcher, der Dicken, der mit der Kneipe, und du: Ganz genau, und plötzlich hast du eine Hausmaus, einen roten runden Lutscher, einen kalten Espresso und einen leeren Staubsaugerbeutel mit Gummirand gerochen, und auf einmal hat der Thorben ganz seltsam geschaut, quasi geile Sau, aber dir ist der Blick vom Thorben ganz schnurzi wurzi, quasi egal, also weiter zum Thorben

11

dass du beim Sex mit der Kneipenfrau die Komafüllung gehabt hast, quasi Vollbrause, und dass sie dir vor dem Poposex noch kräftig das Horn geblasen hat, also du mit heruntergelassener Hose aber nicht auf dem Barhocker sondern auf einem Stuhl vor dem Barhocker, und sie kniete auf dem Kneipenboden und besondere Betonung auf beide nackt, quasi erster Höhepunkt im Theaterstück, und dass sie das Licht angelassen hatte, und dass es draußen Zuschauer gab aber die Eingangstür hatte sie abgeschlossen, und dann rein in den Arsch und Arschficken, quasi *Anusol* und du fühlst dich wohl, und dass sie während du auf ihrer Analorgel gespielt hast sogar bis zum hohen E mitgesungen hat, und dass sie hinten zu eng war, aber danach nicht mehr, und dass ihr euch blitzschnell anziehen musstet weil geile Spechte vor der Tür, quasi spechteln und klopfen, das hättest du dem Thorben nicht unbedingt erzählen müssen, und dass sie aufgeschlossen und alle Spechtler und Klopfer reingelassen hat, und dass die Spechte blöd gekichert haben bevor dann der Ramazotti der Ouzo der Rotwein in Strömen, das hättest du dem Thorben auch nicht unbedingt erzählen müssen. Du hast dann dem Thorben noch verraten, dass drei Penner, ach, in deiner Brust wohnen, und dass du glaubst, ach, dass du eine Zygote bist, und dass du das Lieblingsschweinchen der Arschlöcher bist, und dass du genau so stirbst wie er, und der Thorben ist dann aufgesprungen und hat sich weggesetzt, aber da waren ja auch noch die ganzen Anderen, und am nächsten Tag: Da weißt du nichts mehr, also du weißt nicht, dass du den Thorben getroffen hast, und du weißt nicht, dass du der dicken Gerti immer wieder deine Hand unter den Pullover geschoben hast, und worüber ihr gesprochen habt weißt du auch nicht mehr, und du weißt nicht, warum dein rechter Arm so weh tut, und warum er voller blauer Flecken ist, und dass du vier Mal vom Barhocker gefallen bist, weißt du auch nicht mehr, und warum du achtzig Euro versoffen hast, weißt du auch nicht mehr, und wo der große braune Fleck in deiner verdreckten Jeans herkommt, aber du ahnst es, weißt du auch nicht mehr.

Wieder ein Zahn abgebrochen, letzte Woche nachts schon die Plombe, und jetzt schon wieder ein Zahn, und die Woche vorher ist dir das eine Gleitsichtglas aus der Brille gefallen, beim Aussteigen aus dem Taxi und futsch, und du hasst doch diese blöden Zahnarztbesuche so.

Du onanierst immer nachmittags. Nachmittags ist der Druck am größten,

meist um fünf, ganz selten erst um
sechs.

15

2 Mutierter Affe

Seit du weißt, dass der Mensch nur ein mutierter Affe ist, kommst du besser klar mit diesem Leben.

Pass auf. Als Kind hast du die halbe Brezel immer schon vorher gefressen, quasi Urtrieb, und die großen Brezeln haben euch im Kindergarten die Klosterschwestern vor dem Martinszug um den Hals gehängt, wegen der vielen Sünden und wegen der Nächstenliebe und der Erlösung, und am Straßenrand stehen die Zuschauer mit dem Heiligabendblick, und dann erscheint ihnen aus der Dunkelheit der kriegsversehrte Wotan auf seinem Schimmel, der einäugige Martin mit der schwarzen Augenklappe, vor der Blaskapelle und vor den Fackelträgern hoch zu Ross, und ihr zieht hinterher, und dann ist am nächsten Tag das große Schwarzweißfoto in der Zeitung, und ganz vorne geht einer mit der angefressenen halben Brezel um den Hals und ist mindestens zwei Kopf größer als die anderen Kinder. Du! Und jetzt sag mal: Was fehlt? Die Höhle? Der Baum? Zu wenig Mutter? Zu wenig Vater?

Jetzt denk mal früher! Er kommt von der Arbeit und streitet mit der

Else, quasi Mutti, und beim Abendessen ist dann wieder Krieg. Los geht´ s immer in Holland, dann folgt Belgien, und dann geht er in Italien zu Fuß durch´ s Gebirge weiter, wegen dem Spritmangel. Und dann steht da nachts der große Sherman und keiner sitzt drin. Also. Er nix wie rein in den amerikanischen Panzer und dann her mit der Schokolade und her mit den Zigaretten und dann hat er noch den kaputten Kompass ausgebaut, weil das glaubt einem ja sonst keiner, hat er gemeint, und für den kaputten Panzerkompass haben die ihm dann das EK 1 und zwei Tage Sonderurlaub in einer leeren Kaserne angehängt, quasi Urlaubswache mit dem eisernen Kreuz. Und dann macht´ s bumm, und mindestens noch vier Mal bumm, und danach weiß er tagelang nichts mehr, weil die ihn, vermutlich Außerirdische meint er, eingefangen und ziemlich stark narkotisiert und dann zu Studienzwecken noch mehrmals operiert haben. Und dann flüstert er ganz leise, dass ihn danach der Geheimdienst in die amerikanische Kriegsgefangenschaft mitgenommen hat, also amerikanische Geheimdienst-zusammenarbeit mit den Aliens.

Und dann sind die Gurken alle, und die Mutti bekommt wieder diesen typischen Hausfrauenblick: Küche! Die Mutti geht und macht neue Schnittchen.

Und dann geht´ s weiter.

War toll, meint er. Wie Urlaub. Na ja. Wie diese Prisonerurlaube halt so sind. Viele Zäune. Viele Reiseleiter in Uniform. Viele Animateure in Uniform. Mithilfe in der Küche und Entertainment auf Großfarmen. Also Ernten und so. Und immer bewaffnete Reiseleiter in Uniform in der Nähe. Das machen die nämlich, damit die Neger, weil die arbeiten im Urlaub auch immer auf den Großfarmen, den Prisonerurlaubern nicht ihr Portemonnaie klauen können. Klar, oder?

Der Krieg ist jetzt neun.

Morgen fährt wieder der große Holzwagen. Dann wäscht sie immer. Der Umzugswagen war früher bestimmt knallrot. Schwarze Schrift und so. Heute ist die kaum noch erkennbar. Abgeblättert! Und den Möbelwagen müssen zwei alte Pferde über das Kopfsteinpflaster ziehen.

Und jetzt pass auf! Die Nachbarn in der Dachgeschosswohnung genau gegenüber. Die haben ja den Edwin. Einzelkind. Und der Edwin sammelt bei Regen immer diese kleinen Frösche. Die hüpfen dann auf dem Kopfsteinpflaster wenn der Möbelwagen kommt, und der hat ja diese großen Eisenräder, und dann geht´ s los, wer ist schneller, und dann der Edwin: Ist nicht schneller. Da haben die Eltern ganz schön geheult, als die den Edwin zusammengekratzt haben. Das nasse Kopfsteinpflaster ist doch glatt wie Schmierseife, hat der Schacko mit dem Heimkehrermantel gesagt. Und der Möbelwagenfahrer ist ganz blass und die Pferde auch. Das hat aber schauerlich geknirscht und geknackt, meint die dicke Kioskfrau, und gar keine Schreie, und dann kommt der Arzt, und der Fotomann macht einige Bilder, und dann kommt der Leichenmann mit dem alten Mercedes, und der Möbelmann darf weiterfahren. Es regnet nicht mehr und die Frösche zappeln, einige zappeln kaum noch. Der Leichenmann hat Sand mitgebracht und die große Schaufel, und nachdem er gestreut und alles zusammengeschaufelt hat, schließt der Leichenmann den Sargdeckel und dann die Hecktüren. Er wischt sich mit einem Lappen die Hände ab, bevor er einsteigt.

Von der Beerdigung bekommt keiner etwas mit. Und die Mutti ruft jetzt immer: Pass schön auf, und immer links und rechts schauen, und nicht auf der Straße spielen! Die kleinen Frösche sind danach sowieso nie mehr zurückgekommen, und der Holzmöbelwagen und die Pferde sind auch bald verschwunden, die werden nämlich durch das große Lastauto ersetzt, und die dicke Kioskfrau ist auch bald verschwunden: Schlaganfall, und im

Park ist wieder Kriegerfest, lauter Einbeinige, Rollstuhlfahrer und Blinde stehen ganz vorne, und die Kapelle spielt den *Kameraden* und der Pfarrer singt und spricht Gebete, und dann werden riesige Kränze am Kriegerdenkmal abgelegt, und dann gehen sie zum Saufen auf die Festwiese. Das dauert keine fünf Jahre bis die Einbeinigen, die Rollstuhlfahrer und die Blinden alle verschwunden sind, und am Kriegerdenkmal liegt dann nur noch ein ganz kleiner Kranz.

21

3 Früher

Von deiner Schulzeit sprichst du nur selten: Alles Mist, außer die FOS. Deine Sechziger würdest du so beschreiben: Ich habe Angst vor den Eltern, ich habe Angst vor den Lehrern, ich habe Angst vor dem Pastor, ich habe Angst vor den Nachbarskindern, ich habe Angst und bin Messdiener, aber ich glaube nicht an die Erlösung.

Ihr werdet natürlich fragen und der Rock ´n´ Roll, die Jugendrevolte und das alles, was ist damit. Und du: Was soll ich darauf antworten, da ist nicht viel, eigentlich nichts, außer diese zwei Ereignisse, die werde ich natürlich nie vergessen.

Erstes Ereignis: Ihr kennt doch sicher noch die Polaroidkameras. Bei denen kommt vorne sofort das fertige Foto raus, und die können auch blitzen. Also. Mit so einer Kamera knipsen wir völlig unbemerkt durch das Küchenfenster den Pastor. In der Mittagszeit. Nackt. Mit der Pfarrköchin. Vier Fotos. Eins werfen wir dem Pastor in den Postkasten. Drei behalten wir. Irgendwie kommt uns der Pastor aber auf die Spur. Trotz strengstem Indianerehrenwort niemandem die Bilder zu zeigen. Irgendjemand hat sich verplappert. Jetzt rechnen wir natürlich mit dem Allerschlimmsten. Aber Irrtum! Die Fotos verschaffen uns auf geheimnisvolle Weise sogar Vorteile. Zum Beispiel bei der Benutzung des Jugendheims. Oder die großzügige Geldspende, die uns der Pastor im Beichtstuhl während der Beichte unter dem Trenngitter aus der finsteren Pastorenkabine, quasi im Tausch gegen die drei Fotos, zuschiebt. Und uns haben doch vorher noch diese tonnenschweren Gedanken gequält. Ja richtig niedergedrückt haben die uns vorher, bevor wir in den Beichtstuhl gekrochen sind, und quasi niedergedrückt von den tonnenschweren Gedanken ist dann jeder von uns im Beichtstuhl in die Knie gegangen, denn wir haben ja unzüchtig gesehen, unzüchtig gehandelt, unzüchtig geredet, unzüchtig gedacht, usw. Das sind mindestens zwanzig Sünden gleichzeitig. Und dann das. Eine großzügige Geldspende in Höhe von eintausend D-Mark! Damals ein Monatslohn. Im Krieg erlauben sie natürlich alles, Unzucht, Mord, usw., aber jetzt, jetzt ist doch gar kein Krieg. Die mit dem Geld spielen natürlich immer Krieg, bis die ganze Welt tot ist, aber für die gibt es ja auch keinen Mord und auch keine Unzucht.

Zweites Ereignis: Der eingefärbte Ouzo in der Messweinflasche. Der sieht jetzt nach mehreren Versuchen mit Lebensmittelfarben dem Rheinriesling farblich verblüffend ähnlich. Einer von uns ist an diesem Tag der Messdiener am Altar und gießt aus der Messweinflasche den gefärbten Ouzo ein. Sonntagshochamt! Damals wurde noch viel mit Weihrauch gearbeitet, sodass der markante Geruch des Ouzo im Weihrauchnebel untergeht. Der Pastor nimmt während der Wandlung aus dem Kelch einen kräftigen Schluck, und der kräftige Schluck löst beim Pastor zuerst das knallrote Blutdruckgesicht und einen Moment später einen bis in die allerletzte Reihe deutlich vernehmbaren Darmgasknall aus. Das anschließende schallende Gelächter gibt dieser Messfeier den richtigen Drive und verkürzt sie deutlich.

Das ganze Elend beginnt in den Siebzigern. Also pass auf, die Szene: Anfang April, ein Großstadtkrankenhaus, lauter denkmalgeschützte Klinikbauten in einem Park, einige sind noch aus der Barockzeit, und einige wenige im Jugendstil, und dann schwenkt die Kamera, und da sitzt du gedankenversunken am Fenster, und auf dem kleinen Elektrokocher kocht der Brühwürfel, und da fragst du schon wo seid ihr alle, aber da ist natürlich nur der heiße Brühwürfel mit Brot, und der traurige Charme aus den frühen Sechzigern ist auch noch in dem Wohnheimzimmer, sonst nichts. Da möchtest du sofort die Flucht ergreifen aus so einer Gruft, denn dann lieber den Anstreicher oder den Autoschlosser lernen, aber bloß nicht hier den Krankenpfleger.

Ihr werdet natürlich sagen, der hat doch Glück, dass der den Krankenpfleger lernen darf und dann genau Bescheid weiß wie das bei den Menschen alles funktioniert, und die Nächstenliebe und die ganze Dankbarkeit und das viele Trinkgeld auch noch obendrein, aber du sagst das ist jeden Morgen gleich, denn da war wieder die lange Nacht und die Sauferei, und die richtige Sauferei hast du ja vorher schon bei der Bundeswehr gelernt, und natürlich schon wieder kaum Schlaf, und dann kommt die Frühschicht, und die erscheint dir vorher schon im Kopf, quasi unvorstellbar, also du klapperst am ganzen Körper, wenn du im Winter in deinem Weißzeug um fünf durch den Park schleichst, also der Frühling, der ist da wesentlich barmherziger, und im Sommer ist das ja fast schon wie Urlaub. Der Herbst geht auch. Spätdienst ist etwas besser, aber dafür hast du dann am Wochenende die Schicht, also früh früh oder spät früh, denn früh spät arbeiten nur die Examinierten, da kannst du nämlich am Wochenende ausschlafen. Einmal pro Woche ist ganztags Schule. Und jeden Freitagvormittag. Und irgendwann ist Urlaub.

Da sind immer noch diese Bilder.

Der Mann ist nur noch ein Torso. Die Ärzte haben ihm nach und nach beide Beine und beide Arme amputiert. Das kann einem das Leben retten, haben sie zu ihm gesagt. Die Zucker-, die Raucher- und die Trinkerkrankheit sind schuld, haben sie zu ihm gesagt. Dann musst du die Konsequenzen tragen. Dann musst du das aushalten, wenn du leben möchtest, haben die Ärzte zu ihm gesagt.

Ein Zustand wie im Konzentrationslager, oder wie im Krieg, und die Sepsis und der Zucker, und dann schneiden sie dir die Arme und die Beine ab, und der infizierte Venenkatheter, und die infizierten Verbände, und die septische Station, und die Chirurgie, und die Antibiotika wirken nicht mehr, und die Sepsis und der Zucker, und der viele Eiter und das Fieber, und dann keine Arme und keine Beine mehr, und die Antibiotika wirken nicht mehr.

Keine Ahnung, denkst du, warum du Krankenpfleger geworden bist. Jedenfalls nicht wegen der Erlösung. Krank werden sie immer, hat die Oma gesagt. Schau mich an. Der Krieg und die Vertreibung. Und dann kannst du überall arbeiten. Sogar am Nordpol und auf dem Schiff. Das klingt irgendwie logisch, hast du damals gedacht. Wenn du heute so zurückdenkst. Jahrzehnte später. Also dieses Wort. Nächstenliebe! Und niemand kennt sie, quasi nur Blabla.

In der Pflege ist keiner mehr, du auch nicht. Deine Erinnerungen sind verblasst, und da sind höchstens noch ein paar farblose Klinikbilder in deinem Schädel, wenn überhaupt.

Alte Fotoalben haben eine ganz merkwürdige Ausstrahlung. Besonders, wenn es deine eigenen sind, und du hast sie schon eine Ewigkeit nicht mehr gesehen. Vielleicht weil sie irgendwann verschollen sind, zum Beispiel bei einem deiner unzähligen Umzüge. Sie verstecken sich dann in irgendeinem unbedeutenden Karton, ganz hinten in irgendeiner staubigen Ecke, im Keller, oder auf dem Dachboden. Oder in einer Holzkiste mit einem aufklappbaren Deckel. Und die Kiste lässt sich nicht öffnen, weil sie mit einem kleinen Vorhängeschloss verschlossen ist. Und vielleicht sieht sie sogar aus wie eine richtige alte Seemannskiste. Eine Schatzkiste. Wer weiß. Dann erzeugt die Kiste bei dir ganz andere Gefühle. Das hat dann nichts mehr mit vergessenen

Umzugskartons zu tun. Nein. Das ist viel mehr. Du spürst augenblicklich diese Unruhe, und da ist eine Mischung aus einem Schatzsucher und einem Friedhofsgänger der alte Grabsteine bestaunt, und plötzlich entdeckt er einen bekannten Namen.

Jetzt pass auf! Du suchst etwas im Keller, aber das findest du nicht. Du hast drei Stunden lang einen Karton nach dem anderen durchwühlt und nichts gefunden. Eigentlich möchtest du aufhören, und dann liegt da dieses schimmelige braune Portemonnaie direkt vor dir auf dem Boden. Es muss irgendwo herausgefallen sein. Ganz sicher sogar. Du hebst es auf, weil du neugierig bist was drin ist. Bevor du nachsiehst, putzt du den Schimmel kräftig mit einem alten Lappen ab, der neben dir über einem Stuhl hängt. Das Portemonnaie ist ziemlich zerfleddert. Alte Rechnungen. Ein Bibliotheksausweis. Einige verknickte Fotos. Geldscheine sind keine drin, aber dafür ist das Fach mit dem Druckknopf ziemlich ausgebeult. Du öffnest es und findest alte Pfennigstücke und einen Schlüsselbund. Die drei kleinen Schlüssel gehören bestimmt zu einem Vorhängeschloss. Und dann sticht dir unwillkürlich die alte Holzkiste mit dem gewölbten Deckel ins Auge. Eine alte Reisekiste, die du vor Jahrzehnten auf einem Flohmarkt gekauft hast. Du gehst zu der Kiste, hebst den großen Karton herunter und ziehst sie aus der Kellerecke hervor. Sie ist mit einem Vorhängeschloss verschlossen. Du probierst alle drei Schlüssel aus, und der letzte passt tatsächlich. Aufschließen. Öffnen. Kein Schatz! Jede Menge Taschenbücher. Zwei verschlissene Turnschuhe ohne Schnürsenkel. Zwei Fotoalben.

Die Schwarzweißphotos haben Zacken. Klein und unbedeutend. Die jungen Eltern mit dem verklärten Hochzeitsblick. Die Verwandtschaft. Ein Mann im Anzug. Eine Frau schiebt einen Kinderwagen. Sie stehen vor einem Auto. Eine Burg. Wohnungsbilder. Ausflugsbilder. Kindergarten- und Schulbilder. Fotos vom ersten Schultag mit der Schultüte. Fotos von der Erstkommunion im schwarzen Kommunionsanzug. Kurze schwarze Hose. Fassonschnitt. Rechtsscheitel.

Gib ihnen das kranke Lächeln zurück! Sie haben deine Seele gestohlen. Und dann sterben sie.

Das zweite Album ist dicker. Braun. Runder Rücken. Während du es aufschlägst, kehren sie zurück. Diese Bilder. Diese verdrängten Erinnerungen.

Du blickst ins Leere. Der Ort wirkt träge. Das Postauto verlässt eine Einfahrt. Dann kommt der Autobus. Keiner steigt aus. Keiner steigt ein.

Und ein Auto bremst. Und der Bus fährt weiter. Na und, sagst du dir, und sonst scheinbar nichts, weil scheinbar nichts passiert. Nichts, wie immer.

Du hörst sie immer noch. Wie er Krieg, und wie sie Haushalt spielt. Heute ist wieder Waschtag.

Die Nachbarn sind Leichen. Manchmal feiern sie. Dann ist Schützenfest oder Geburtstag, Weihnachten oder Silvester. Sie sehen dich immer noch seltsam an. Sie haben böse Kinder.

Und die Schule. Du hast eine kleine Insel im Herzen. Dahin kannst du manchmal flüchten. Dann nimmst du den Duft des wilden Thymians vom Wegrand mit. Und die Sechs in Mathe und das Deutschlandlied aus dem Musikunterricht. Dir scheint, die waren schon immer da. Mit ihren Anzügen und ihren Schulbüchern.

Und heute? Eine interessante Frage! Und heute? Da sind diese Erinnerungen. Und da ist Heute. Sonst nichts.

Sie haben Fußbälle für die Idioten. Und Mietwohnungen für die Armen. Damit sie sich gegenseitig umbringen.

Wenn du das Fenster öffnest erstickt dein Blick, und die Einsamkeit schlägt dir wie eine Glocke entgegen, und du spürst dieses Wort, und dieses Wort bleibt ungesprochen.

Das Wichtigste für mich ist, dass ich dich liebe, hat sie gesagt, und das war damals schon wie Sterben.

Du drehst dich endlos rückwärts. Du rennst und rennst, und irgendwann kannst du fliegen.

Es wird mittags hell und sofort wieder dunkel.

Du schwitzt wenn du aufstehst, und dieser Tag ist immer der gleiche.

Du möchtest flüstern oder schreien, aber wie, und da ist niemand. Schuhe kaufen, denkst du, oder irgendetwas anderes machen, denkst du, aber das ist unwichtig, nur ein Gedanke, und ein weiterer erinnert dich an den Kindergarten. Warum gerade an den? Keine Antwort.

Du möchtest einen Haufen türmen, und deine Gedanken ziehen einen Halm hinter sich her, der fast sommerlich wirkt, während die blauweißen Blätter sprießen.

Sag kein Wort über dieses Leuchten im Herbst!

Es könnte immer so weiter gehen. Sonnenaufgang.   Sonnenuntergang. Manchmal bleibt ein Wort hängen. Ein trauriger Gedanke. Und noch einer. Und manchmal dreht sich der Brummkreisel in deinem Kopf etwas langsamer. Dann folgen wieder diese Aufbruchtage.

Es ist ja alles ganz anders, sagen die Ärzte. Aber was sagen die denn schon.

33

4 Wahn

Die Sinnestäuschungen und der Wahn befallen irgendwann jeden echten Säufer. Die erste Stimme klingt unspektakulär. Du siehst keine weißen Mäuse, keine schwarzen Riesenratten, keine Knäuel von zappelnden Schlangen, keine pelzigen Spinnen, keinen Schwarm schwarzer Klofliegen, du erlebst keinen Angriff der roten glitschigen Killerwürmer, du hörst kein bedrohliches Flüstern unsichtbarer Personen, nein: Du hörst das schrille Klingeln eines unsichtbaren Telefons, genau neben deinem rechten Ohr.

Ihr würdet natürlich sagen, das hat doch nichts mit dem Saufen zu tun, vielleicht Überanstrengung, oder Übermüdung, vielleicht zu langes Autofahren, oder zu viel Sex, und von drei Millionen Profisäufern und zwanzig Millionen Hobbysäufern hat bestimmt schon jeder einmal ein unsichtbares Telefon klingeln gehört, also mehr als fünfundzwanzig Prozent der Gesamtbevölkerung, somit ist ein klingelndes unsichtbares Telefon doch nichts Besonderes mehr, quasi ganz normal.

Selbst wenn du dich länger als eine Stunde in deiner Stammkneipe mit einer für Andere unsichtbaren Person angeregt unterhalten würdest, würden das die meisten Stammtischbrüder nicht für besonders auffällig halten, denn nach fünfundzwanzig Rotweinen mit fünfundzwanzig Beiwagen würde sich fast jeder Stammtischbruder mit unsichtbaren Personen unterhalten, also ist dieses Verhalten unter Stammtischbrüdern weit verbreitet, quasi ganz normal.

Neulich hat der Thorben ein Auto auf sich zukommen gesehen, allerdings nur er, für alle Anderen war das Auto unsichtbar, und dann ist er mit seinem Mofa dem unsichtbaren Auto ausgewichen, und nach zwanzig Rotweinen mit zwanzig Beiwagen fährt sich auch ein Mofa genau so, als wenn es einen riesigen Beiwagen hätte, und dann ist der Thorben bei diesem schwierigen Ausweichmanöver nachts von der unbeleuchteten Landstraße abgekommen und samt Beiwagenmofa in einen Fluss gestürzt, in dem dann das Mofa unauffindbar versunken ist, und den volltrunkenen halbertrunkenen Thorben hat der Fluss an seiner nächsten Biegung wieder frei gegeben, also an das Ufer gespült, und am Ufer hat der Thorben dann seinen Vollrausch ausgeschlafen, und mildtätige Forstarbeiter haben ihn am nächsten Tag zum Frühstück eingeladen, und so gestärkt ist er bis zu seiner

Stammkneipe gelaufen, und der erste
Rotwein mit Beiwagen hat den Thorben
dort dann überschwänglich begrüßt.

5 Alter Säufer

Die Sinnlosigkeit des Altwerdens ist für jeden gottlosen Denker erdrückend: Es bleibt nichts übrig! Dein Denken reduziert sich jetzt auf ein regelmäßiges Verlassen der Wohnung in Richtung Stammkneipe, und dort triffst du wie immer die üblichen Verdächtigen, Stammtischbrüder, manchmal mit ihren Freundinnen oder Ehefrauen, selten Fremde, und die Neugier Fremde kennen zu lernen fehlt dir inzwischen sowieso, weil dir Saufen mit Stammtischbrüdern reicht, und du musst keine Sonnenuntergänge mehr fotografieren, und du musst nirgends mehr hinreisen, und du musst dich nicht mehr verlieben und keine neuen Freundinnen mehr kennen lernen, und du hast keine Visionen mehr, auch nicht im Vollrausch, die Zeit des Südens ist vorbei, und du könntest jetzt überall sein, das wäre egal, denn du hast eine Heimat im Suff gefunden.

Übertragung ist wichtig! Jetzt pass auf, stell dir einfach diese Dauerwerbesendungen vor, oder die nackten *Ruf an!* Frauen, und du kommst ja fast nirgends mehr hin, außer in deine Stammkneipe, und dann kommen die

Wäschefrauen aus der Dauerwerbesendung und die *Ruf an!* Frauen direkt zu dir, du brauchst bloß einschalten, und dann steigt deine Stimmung sogar nach dreißig Rotweinen mit dreißig Beiwagen noch so rasant an, das du dir schon nach wenigen Sekunden die Hosen runterziehst, und du kennst dich, deshalb vergisst du nie vor dem Einschalten das Rollo herunterzulassen und deine Zimmertür abzuschließen, und dann hängst du noch das dunkle Handtuch über die Türklinke: Das Schlüsselloch, sicher ist sicher.

Seit du die Stimmen hörst und den Wahn hast befindest du dich in mehr oder minder fortlaufendem Zwiegespräch mit deinem Alter Ego auf der anderen Seite der Betonwand deines Schädels, und sie lassen sich nicht mehr zusammenbringen, du und der Flüstergeist auf der anderen Seite deines Regenbogens, und du hast dich endgültig abgegeben an deinen zweiten Geist, und du suchst noch nach einer winzigen Chance mit deinem vergifteten Verstand aus deinem erstarrten Betonkörper auf die andere Seite flüchten zu können, viel Hoffnung besteht allerdings nicht mehr.

6 Georg und Thorben

Georg hat festgestellt, dass Geschlechtsverkehr mit Frauen immer dasselbe ist, und Georg hat den Blues, denn die letzte Nacht war wieder so tödlich, Gott sei Dank ist die Arienne schon gegangen, ihr letzter Gesichtsausdruck hat sich wie ein großes Polaroid Photo innen an seine Schädelwand gehängt, bevor sich nach dem Saufprogramm nur ganz kurz das Sexversuchsprogramm eingeschaltet hat, dann aber sofort in das Tiefschlafkomaprogramm übergegangen ist, und nachmittags nach dem Aufstehen: Erst mal kotzen, dann den Betablocker einnehmen, dann noch etwas länger kotzen, und dann aus Angst den Betablocker ausgekotzt zu haben den Betablocker noch mal einnehmen, und dann mal sehen wie´s heute weitergeht, die Trinkpause wäre nicht schlecht, aber das hat ja gestern schon nicht geklappt, und heute wird das bestimmt auch nicht klappen, denn der Thorben hat Geburtstag.

Dein Tag hat ähnlich begonnen, bloß ohne Polaroidfoto, und der Kühlschrank gähnt, und der Kopf dröhnt, und der Darm bläst, und der Stuhlgang drückt, und kein Wein mehr in der Wohnung, und der Fernseher läuft, und die Wäschefrauen zeigen Wäsche, und der Brian Wilson spielt ganz laut *Do it again* in deiner Alkobirne, und es ist schon halb sechs: Zeit zum Onanieren!

Du betrachtest den Georg wie einen vom Pferd fallenden Winnetoudarsteller, wie er einige Stühle weiter ganz schön schräg auf seinem Barhocker hängt, und wie er seinen Kopf auf die Theke gelegt hat: Also gleich!, und dann kippt er auch schon mit dem Barhocker um und knallt mit voller Wucht auf den Kneipenboden, und du: Ätsch! Erster! Das hat nicht lange gedauert, denkst du, und dann bestellst du für den Thorben und für dich einen doppelten Ramazotti, schließlich hat der Thorben Geburtstag, und der Thorben trinkt ihn in einem Zug leer und sagt, dass er an seinem Geburtstag garantiert niemandem einen ausgibt, weil das sind ja alles nur Schmarotzer und sowieso.

45

7 Delir

Dieser Morgen bringt nichts Neues, und dir fällt das idiotische Lachen ein, von dem du letzte Nacht so intensiv geträumt hast, und beim Aufstehen erinnerst du dich an damals in der Kneipe mit den ganzen Säufern, als du das Lachen zum ersten Mal gespürt hast, und in deinem Saufkopf muss Ostern oder Weihnachten gestrahlt haben.

Der Aufgusskaffee hat eine tolle Crema, offenbar liebt dich heute das im kleinen Stieltopf aufgekochte Leitungswasser sehr.

Es sind nur klitzekleine Worte die um deine halbvolle Kaffeetasse schwirren, scheißkleine Worte, und du kannst sie einen scheißlangen Tag, seien wir etwas ehrlicher, zwei scheiß Sekunden, und danach kommt erst der scheißlange Tag, überhaupt nicht denken, geschweige denn aussprechen, Sterben, Leben, Sterben, Leben, und vielleicht noch Liebe, oder die Sonnenuntergänge, oder Liebe und diese unglaublichen Sonnenuntergänge, und am Ende deines leergesoffenen Regenbogens fragst du dich und dann?, und dann?, und dann?, und dann?: Du?

Dir ist kotzübel. Du hast den Geruch von verschimmelten Weihnachtsplätzchen, von abgestandenem Urin, von reifen Tomaten, von einer vollgekotzten Kotztüte im Flugzeug, von alten Schweißsocken, von gebrauchten Monatsbinden und von vollgeschissenen Babywindeln in der Nase, und das ist Abbruch, nicht Aufbruch, und das wäre ein optimaler Tag um schnell zu sterben.

Kein Geld mehr, du musst zur Bank gehen, und auf dem Rückweg merkst du schon den Druck, und der Druck wird immer stärker, und dann klemmst du die Pobacken immer kräftiger zusammen, bis du kaum noch einen Schritt vor den anderen setzen kannst, und nur noch dreihundert Meter denkst du, vielleicht schaffst du es noch bis zur Haustür, und dann schnell rein, nur noch die Wohnungstür aufschließen, und dann schnell um die Ecke, und schon sitzt du erleichtert auf dem Klo: Denkste!, du scheißt dreihundert Meter vorher in die Hose.

Jetzt denk mal früher, also du ja vielleicht nicht mehr, aber ich kann mich noch gut daran erinnern wie das in den Krankenhäusern war, da wurdest du vorne reingeschoben, und hinten wurdest du wieder rausgebracht, quasi Ergebnis, zum Beispiel wenn´s mit der Medizin nicht so richtig geklappt hat. Du hast also deinen ersten Schwarm

Fliegen gesehen, du weißt schon, die dicken schwarzen Brummer, die die so pelzig sind, und dann sind, nachdem die Pelzigen in der Wand neben dem Küchenschrank verschwunden sind, die anderen Pelze gekommen, also die mit den langen nackten Schwänzen hinten, schwarze Riesenratten unterm Küchentisch bis er umkippt, du bist natürlich längst ins Bad geflüchtet und hast doppelt von innen abgeschlossen aber dann. Dieser unheimliche Gedanke. Du hast ihn vergessen. Auf dem Küchentisch hast du ihn vergessen, und mit dem ist der Rotwein umgekippt, und wahrscheinlich lauern die schwarzen Riesenratten hinter der Tür schon auf dich, und kaum hast du sie geöffnet springen sie dich an, also lass bloß die Küchentür zu. Der Keller! Im Keller ist noch Wein! Aber jetzt pass auf, im Keller, da lauern bestimmt wieder die schwarzen Jacken, also die Kopflosen, die immer so laut stöhnen und sich überall in den Ecken herumdrücken, und so ungefährlich sind die ja auch nicht, nicht so gefährlich wie die schwarzen Fliegen oder die schwarzen Riesenratten, aber trotzdem, weil jedes Mal, du holst ja eh schon immer den ganzen Karton hoch, nicht nur ein oder zwei Weinflaschen, das bringt nämlich gar nichts, hast du am nächsten Morgen einen neuen Ausschlag, mal im Gesicht, mal zwischen den Beinen, mal ganz weit hinten, also der Ausschlag kommt bestimmt von den Jacken, und die sind dir neulich sogar im Schlaf erschienen, aber dann ist dir auch der Brian Wilson erschienen, und mit *Do it again* hat er die Jacken augenblicklich verscheucht.

Aber jetzt zurück zu den Krankenhäusern, also das Delir, die Ratten, die Fliegen, die Ratten, das Delir, die Jacken, das Delir, die Fliegen, die Ratten, die weißen Mäuse, die Jacken, der Brian Wilson, *Do it again*, *der* Entzug usw. Also. Neulich bist du wieder in der Klinik gelandet, und die haben gleich gewusst die Jacken, die Ratten, die Fliegen usw., und das hat ganz schön gedauert, quasi der Rotwein und das Delir, aber auf diesem Planeten findet ja sowieso alles nur zehn Zentimeter oberhalb der Grassnarbe statt, und das Delir ist nur einen Ditto höher, quasi Null, und dein Lächeln ist leer, es ist so leer wie eine Kiste mit verfaulten Pflaumen.

Die Infusionsflaschen lächeln, und du lächelst mühsam zurück. Du zählst mit, manchmal verrechnest du dich, aber trotzdem zählst du sie, wie sie dir aus drei großen Flaschen entgegenrauschen, jeden einzelnen Tropfen willst du jetzt zählen, aber es gelingt dir nicht, du kannst sie nicht, die tropfenden kleinen Schäfchen, und müde wirst du erst recht nicht, trotz der ganzen Aufmerksamkeit, die man dir hier schenkt, und das Distra, und die Spritzen, und und und, trotzdem nicht.

8 Wachkoma auf der Wiese

Wer liegt schon gern im Koma, quasi wach, Koma, und du kannst dich nicht bewegen weil das Taxi letzte Nacht, alter Schwede, also ich.

Du liegst also am Waldrand neben Kühen, ein kleiner Bach gluckert neben dir unter den verbogenen Bäumen, du hast dir am Stacheldraht im Vollrausch den linken Unterarm aufgerissen, du liegst auf dem Rücken und musst dringend pinkeln, geht aber nicht weil du nicht hochkommst, falsch, dich überhaupt nicht bewegen kannst, richtig, dann eben alles in die Hose, falsch, du schaffst es im letzten Moment die Hose zu öffnen, und der Hochdruckstrahl zielt Richtung Bach, und nur ein letztes kleines Rinnsal trifft die Hose, und bis zum nächsten Ort sind es mindestens noch vier Kilometer: Guten Morgen!

Dann kommt die Frau. Die Frau schaut merkwürdig. Sie ist sich wohl noch nicht ganz im Klaren, ob sie mit ihrem Fahrrad einfach ohne anzuhalten entlang des Weidezaunes weiterfahren soll, vielleicht noch mal einen Gang runterschalten und dann kräftig Gas geben, quasi nix wie weg und treten was das Zeug hält, und bloß nicht

Guten Morgen! rufen, oder bremsen, oder absteigen, oder Brauchen sie Hilfe? rufen, weil Hilfe aber wie, aber wie, vielleicht ein Obdachloser, Penner, Alkoholiker, oder ein verhaltensgestörter Wiesenurlauber, quasi Outdoor mit taufrischer Morgenwiese und verbogenen Bäumen und rostigem Stacheldraht und Bach.

Ist das nicht idyllisch? Nein! Und du hast nach dem Pinkeln auch noch nicht die Kraft gefunden um Hallo! oder Hilfe! zu rufen, aber das Koma wandelt sich in diesem Moment deutlich spürbar in einen riesigen HalloHilfeWachKomaKater, als die Frau auf dem Radweg hinter den Bäumen verschwindet. Sie ist also ohne Hallo und Guten Morgen und Brauchen sie Hilfe einfach weitergefahren, beschleunigt hat sie aber nicht, und jetzt spürst du langsam die Kraft, die dir dieser Kater zurückgibt, also aufstehen, sofort im Schwall kotzen, und dann noch während des Kotzens die Hose runter und schnell unter die Bäume, aber das wird dann schon deutlich leichter, das mit dem Kotzen mit Hose runter unter den Bäumen, fast ohne zu drücken und dann Scheiße: Keine Tempos! Aber Grasbüschel!

Du wankst quer über die Wiese an den Kühen vorbei Richtung Stacheldrahtzaun, Richtung Radweg, besser untendrunter durchkriechen, denkst du, aber dann hängt die Jacke, also zurück und doch drübersteigen.

Der feste Grund des asphaltierten morgendlichen Radweges gibt dir nun den nötigen Auftrieb, und nur noch vier Kilometer, und nach dem Koma hat jetzt der Komakater auf dem Radweg auch schon eine erste Idee in deinem Katerkopf geschaltet: Rotwein mit Beiwagen in nur vier Kilometern Stammkneipe etwa halb zehn!

55

9 Denkversuche und plötzlich...

Du bist dein ganzes Leben bis zum Hals in der Scheiße gestanden, und immer wenn du dir auch mal eine anzünden wolltest hat der Teufel gerufen: So, Pause beendet, alles wieder hinsetzen. Du wirst von allen gefickt wie eine Bahnhofsnutte, und du glaubst schon lange nicht mehr an Geister, und an die Auferstehung nach dem Totsaufen, und an den lieben Gott, und an die ganzen anderen Idioten. Du hast deine Kernlebenszeit Nacht für Nacht in irgendwelchen Leerlaufkneipen verplempert, und wenn du morgens nach der Kneipkur noch mit der Volldüse bei irgendeiner Leerlauftante einläufst, dann fabrizierst du gern noch einen total schrägen Arschquickie. Und dann, ein ungläubiges Staunen quillt hinter deinen tiefschwarzen Augenrändern hervor, und deine drucklosen Augäpfel schwellen an, und deine Augen brennen, und dahinter malt dein alkoholverkleinertes Gehirn einfache Bilder an deine Schädeldecke, anfangs aber noch ganz schön verschwommene, und da schaut ein Gesicht aus der Rotweinflasche, und du fragst das Gesicht Bacchus und keine Antwort, und du fragst das Gesicht Bacchus und wieder keine Antwort, und du fragst das Gesicht Bacchus und immer noch keine Antwort, aber das Gesicht verändert sich. Und jetzt pass auf, der Flaschengeist, also das Gesicht ist verschwunden, und dann drehst du dich um weil hinter dir steht einer, und der ist mit Kaftan und barfuss und keine Kopfbedeckung und eine Halbglatze und lange Haare und Vollbart, quasi Althippie, und da steht ihr euch schon etwas merkwürdig gegenüber, quasi Salzsäule, und tatsächlich der Bacchus, sagt er wenigstens, und zieht auch sofort zwei riesige Weinflaschen aus seinem Kaftan, und du ganz erschrocken und der Beiwagen, und der Bacchus der Beiwagen was ist das, und du ganz ungläubig der Ouzo zum Bacchus, weil der Bacchus, quasi Saufgott, der müsste das doch wissen, und da lacht der Bacchus, und schon erscheint der Brian Wilson mit dem *Mister Hit*, *Do it again* und volle Lautstärke, und neben den *Mister Hit* stellt die Zauberhand vom Bacchus Wein- und Ouzogläser auf den Küchentisch und gleich fünf eisgekühlte Flaschen Ouzo und den Wein, und dass du jetzt spontan wieder fit bist ist klar, quasi achtzehn, und mit dem Bacchus, und mit dem Brian Wilson, und mit dem *Mister Hit*, und mit *Do it again*, und mit dem Rotwein, und mit dem Beiwagen, und dann klingelt die dicke Isolde aus der Wohnung über dir, und die Isolde hat mit dir schon oft schrägen Sex gehabt, quasi hinterm Beiwagen und kräftig von hinten, und das haben der Bacchus und der Brian natürlich sofort erkannt, quasi göttlicher Plan, und kräftig Rotwein, natürlich mit Beiwagen, und dann her mit der Isolde, quasi Gruppensex nebenan auf dem grünen alten Sofa, und du bist natürlich wieder so geil, quasi Hose runter und Erster, und die Isolde wirft sich splitternackt auf dich, und ihre Riesentitten lauern, und dann springen sie dir beide hopp ins Gesicht wie zwei fresslustige dicke Möpse die entdeckt haben dass dir ein Hundekuchen aus dem Mund schaut, und dann hat die Isolde gegrunzt, quasi säugende Bache, und dann sind der Brian und der Bacchus auch auf die Isolde und haben ihre Füllhörner geleert, da sitzt du aber schon längst wieder beim Ouzo in der Küche, weil unten liegen ist totale Scheiße. Gegen Abend sind sie dann zur Isolde rauf und haben den restlichen Ouzo mitgenommen, und am nächsten Tag sind sie verschwunden, nur die Isolde klingelt um halb zehn Sturm, quasi Frühstück.

10 Metamorphosen

Pass auf, die Isolde, die ist ja die uneheliche Tochter vom Janosch, eigener Getränkemarkt, gebürtiger Pole, und der Janosch hat ja die Isolde mit der dicken Maria, also der Verkäuferin im Getränkemarkt, auch Polin, quasi Vater eigentlich unklar weil Vollrausch aber Getränkemarkt passt schon, und bei der Isolde lauern die Sexlust und die Sauflust im Kopf, obwohl die Isolde damals im Jugendamt beim Psychotest doch so gut abgeschnitten hat dass die ihr 132 bescheinigen mussten, quasi Einstein, aber zum Jugendamt musste die Isolde ja nicht wegen dem Einstein, sondern wegen dem vielen Sex mit den vielen alten Männern und dem vielen Saufen, aber das hat die Isolde recht wenig interessiert, und den Janosch und die Maria hat das auch nicht interessiert, und die Isolde hat dann die Schule abgebrochen und hat danach nix gelernt und nur gesoffen und die Opas befriedigt, und jetzt ist die Isolde volljährig und arbeitet in der Peepshow, und da können die Opas in der Kabine sitzen und onanieren, quasi keine Berührung nur noch im Opakopf, und kurz vor dem Opaorgasmus schließt sich das Guckloch, und ätsch schon wieder keinen, Klappe zu bei der Isolde.

Und jetzt pass auf, ich finde dass jeder nur das tun sollte was er nicht kann, also wer nicht malen kann sollte Maler werden, wer völlig unmusikalisch ist sollte Musiker werden, wer nicht singen kann sollte Sängerin werden, wer Atheist ist sollte Papst werden, wer nicht mit Geld umgehen kann sollte den IWF leiten, und wer keine Ahnung vom Regieren hat sollte Bundeskanzlerin werden. So.

Und wer den Alkohol und den Sex nicht im Griff hat, sollte sich nur diesen Themen widmen, und das hast du dein ganzes Leben gemacht, und neulich hat dich der Internist wieder zum Psychiater überwiesen, zum Dr. Dr. Edi Frost, und so ist dir der Edi dann auch vorgekommen, genau wie der Frost, als er dir mit der Alkoholkrankheit, dem klinischen Entzug und der Psychotherapie auf den Pelz gerückt ist, aber da hast du nicht mitgespielt und dem Frosti sofort kräftig den warmen Föhnwind ins Gesicht geblasen, quasi Saufen ist lebenswichtig, weil nur dann kriegst du die Visionen von der besseren Welt und vom neuen goldenen Weltzeitalter, quasi Peace und Love und Rock´ n Roll, quasi Pluralisierung und Aufopferung für die Idee, und dann kommen sie zu dir, die

Geister und Götter, und die schenken dir übernatürliche Kräfte, quasi Belohnung aus dem Jenseits, bloß das merkt anfangs keiner aber dann, doch das hat den Edi nur mäßig beeindruckt, aber dafür ist der therapeutische Zyklus sofort wieder beendet.

Aber jetzt zurück zum Bacchus, zur Isolde und zum Brian Wilson, also einige Tage nach dem göttlichen Streichquartett mit der Isolde erscheint dir unter der Dusche noch ein Jenseitswesen, die Isais, quasi göttlich, sehr hübsch, sehr jung und stroh...also blond, und die Wassertropfen aus der Brause glitzern über ihrem Kopf wie dicke Regentropfen nach einem Gewittersturm am Meer, kurz bevor sie über den Wellen die hochspritzende Gischt berühren, durch die schon wieder die Sonne schimmert, und während du unter der Dusche vollständig in Verzückung gerätst, flüstert dir die Isais etwas schier Unglaubliches ins Ohr, und danach, quasi schwupp, ist sie wieder verschwunden, und jetzt hämmert dein Gehirn gegen die Schädeldecke, quasi totaler Gehirnkrampf nach dem Duschen mit der Göttin, und dann erscheint dir der Erlösungsgedanke immer deutlicher vor deinem inneren Auge: Rotwein mit Beiwagen!

Und jetzt kommt´ s, du sitzt nach dem Duschen in der Küche und hast dich zuerst mit dem Beiwagen beschäftigt, quasi der Ouzo ist schon leer, bevor du den ersten Schluck Rotwein dieses aufregenden Tages andächtig nippst, und dann hallo wieder ein Gesicht, diesmal gafft es dich aus dem noch fast vollen Rotweinglas an, aber nicht der Bacchus, der Brian Wilson oder die Isais: Du!

Und was ist so besonders, du hast dich total verkleinert und schaust dich selbst aus dem Rotwein an, quasi Zwerg und du nach der Verwandlung vom Morgenschluck bis zum Zwerg im Rotwein, quasi Pluralisierung und Verdopplung bevor die Rückvereinigung im Rotwein stattfindet, quasi Metamorphose, alter Schwede.

Und siehst du wie schnell das geht, die Rückmetamorphose, und schon stehst du um halb zehn neben dem Thorben am Tresen in der Stammkneipe, und etwas weiter hinten wackelt der Paul, Paul Dralle, Vormittagsvollrausch, quasi Paul der Pralle, und du gleich zum Thorben wo ist die Isolde und der Thorben: Frag Dralle, weil Dralle heizt alle, und dass die Isolde schon auf dem Weg ist weiß keiner, weil im Moment auch unwesentlich, weil schon wieder Metamorphosen, und diesmal der Paul, und der ahnt gar nichts, weil nach fünfundzwanzig Jacky Cola flüchtet die Ahnung, und die hätte die Metamorphose angekündigt, quasi das mit dem Bachus im Jackyglas und was da so auffällig blubbert, und dann ist der Paul vom Barhocker gefallen, und genau in dem Moment steht die Isolde im Raum, quasi da ist sie ja, und nur die Isolde spechtelt zum Paul wie der im freien Fall, und schwupp weg ist der Paul, und hallo Isolde der Wirt. Du traust natürlich deinen Augen kaum, quasi nur der umgekippte Barhocker und kein Paul, und hallo Isolde, und die zeigt auf das schäumende Jackyglas, quasi Mundoffensprachlosigkeit, und dann hebt sich der umgefallene Barhocker in seine Ausgangsposition zurück, quasi Geisterhand, und der Bacchus sitzt drauf, und daneben steht der Brian Wilson mit der Whiskeyflasche, also Beifall, und der Paul bleibt verschwunden, aber das Paulwunder klärt sich, weil der nur kurz zum Klo wollte, und das hat sich so haarscharf mit dem Bacchus und dem Brian überschnitten, quasi Metamorphose und kurz unsichtbar, und jetzt steht der Paul neben dem Brian, und der Brian mit der vollen Mentalkraft die Jukebox: *Do it again*, und der Georgwinnetou rückwärts vom Barhocker plus Doppelgrätsche, und dann tanzt eben du mit der Isolde, und der Brian und der Bacchus gleich den Lustblick, quasi sofort, und dann flüstert dir die Isolde beim Tanz „Besuch letzte

Nacht" ins linke Ohr, die Isais und das unglaubliche Geheimnis, und du bist natürlich total elektrisiert und die Isolde, und dann schnell noch vier Rotwein mit Beiwagen und die Isolde den Jacky, und dann schleicht ihr aus der Kneipe, und der Wirt, der Bacchus, der Brian, der Paul, der Georg usw. merken gar nichts, und dann lauert schon das alte grüne Sofa, und danach lüftet sich das Geheimnis.

Also pass auf, du hast ja mit der Isais unter der Dusche und dann, und die Isolde hatte „Besuch letzte Nacht", die Isais, und die Isais hat mit dem Bacchus als der noch der Dionysos war, und davor hat die Isais in Babylon und in Ninive´ und bei den Sumerern, und davor schon bei den Dinosauriern und später dann im Paradies, und nach den Römern hat die Isais mit den Templern, und mit dem Brian hat die Isais bei Woodstock, quasi zwischendurch. Klar, oder?

Und jetzt das Geheimnis, also die Isais möchte etwas organisieren weil das damals mit den Tempelrittern so schief gegangen ist, eine magische Bergtour, und jetzt pass auf, die Tempelritter haben damals nämlich die magischen Geschenke von der Isais im Berg versteckt bevor die Templer vor dem Papst geflüchtet sind, quasi Zaubersachen und keiner weiß wo, und wer die Zaubersachen von der Isais findet hat gewonnen, quasi ewiges Leben und Sex und Druggs und Rock´n Roll, quasi Paradies, und der Berg ist der Berg des alten Gottes sagt die Isais, quasi der große außerirdische Zauberberg mit Eingang zur Hölle, also der Untersberg, und der ist bei Berchtesgaden, und im Untersberg lauern die braunen Queckorks, und grundsätzlich musst du Folgendes, denn das Schwierige ist was die, nämlich Zaubern, Fliegen, Unsichtbar werden, Nanoklein werden und in andere Menschen und in Tiere schlüpfen und Aussehen und Art wie der Hitler, sagt die Isais, quasi größte Vorsicht, und jetzt flüstert dir die Isais noch mal das schier Unglaubliche ins Ohr, quasi Pudelkern und Rätsellösung, und ob du es glaubst oder nicht, der Bacchus und der Brian Wilson und die Isais und du, das ist jetzt Eins weil du ein Metamorphose- und Rückmetamorphosetyp geworden bist, quasi seit dem Streichquartett mit der Isolde und seit dem Duschkonzert mit der Isais, also du kannst dich jetzt beliebig, quasi Nanoklein werden und dann Rückmetamorphose, Zaubern und Fliegen und dann Rückmetamorphose, und mit der Isais und dann ab ins Jenseits und dann Rückmetamorphose, und mit dem Bacchus und dem Brian saufen bis zum Kotzen, und dann Koma, und dann die Riesenratten, und dann die Jacken, und

die Fliegen, und die Spinnen, und das
Delir, und die lachende
Infusionsflasche, und die sprechenden
Tropfen, und *Do it again*, und dann
Rückmetamorphose, alles kein Problem,
alter Schwede, also ich.

11 Untersberg

Das ist ja alles ohne Gewähr was du da, also ich wäre verdammt skeptisch, und jeder sagt und schreibt, quasi Götter, Dämonen, Blabla, Blähungen, aber trotzdem.

Und da staunst du wer alles im Untersberg, der Kaiser Karl, der Hitler, die Hitlergeneräle, der Himmler, die Himmlergeneräle, die Tempelritter, die Zaubersachen von der Isais, die Untersbergmandl, die Goten, die Zygoten, die Außerirdischen, die Kelten, die Steinzeitorks, die Queckorks, die Verschwundenen, quasi Frage wer nicht.

Und jetzt pass auf, das Kirchenfresko, das zeigt nämlich ganz genau, also die Isais, die Zaubersachen, die Wunder, die falsche Maria, die Templer, den Ettenberg, quasi alles, und der Ettenberg gehört zum Untersberg, und oben steht die Kirche mit dem Fresko, angeblich sollen die Tempelritter hier, also ich.

Und jetzt denk mal die magische Untersbergtour, und wer da wie wann und von wo, und dann ist die Isais weg, und die Isolde weil Gewicht und Gelenke und Bergsteigen geht gar nicht, auch weg, und der Bachus ist weg, und der Brian ist weg, alle spurlos aber Plan, quasi Wahnsinn ergo Stammkneipe.

Und dann geht´ s weiter, also du bist ja Ruhrpott, quasi Bochum Herne Herten Wanne Krange Gladbeck Oberhausen-Osterfeld Sterkrade Bottrop Meiderich Ruhrort Beek Bruckhausen Duisburg Stahlstraße Essen Mühlheim Stahlstraße Essen Dorsten-Hervest Puff in Duisburg Gelsenkirchen Schalke Stahlstraße Essen Kranger Kirmes alles, und immer Bibione, quasi Urlaub Strand und dicke Frauen, und Berg geht gar nicht, und jetzt Stammkneipe nach achtzehn Beiwagen und magische Untersbergtour und wer geht mit, und der Winnetou aktiviert den Paul, quasi Georg an Paul und Paul der Pralle heizt alle, und der Paul war ja vor seiner alkoholischen Wiedergeburt der Oberalpinist von Herten, quasi Ortler Matterhorn Watzmann-Ostwand K2 Kahler Asten Rekener Berge Mount Everest, quasi Bergführer, und dann hat er in Bibione die dicke Inge kennen gelernt, also die Witwe vom dicken Otto aus Gelsenkirchen, und dann ist der Paul mit der Inge, quasi Liebe Umzug wilde Ehe weil die Witwenrente, und dann geht´ s los, die Inge tot und der Paul Stammkneipe.

Und siehst du, der Winnetou hat den Heizer, also Rotwein mit Beiwagen,

Lokalrunde, und Bier für alle und Schnaps und Whiskey, und dann grölt der Heizer wer steigt mit, also nicht auf die dicke Isolde, sondern auf den magischen Untersberg, und der Winnetou Paul ich, und der Thorben Paul ich, und der Wirt Paul ich, und die dicke Gerti Paul ich, und die dicke Isolde Paul ich, und noch einige Paul ich, quasi alle Paul ich, und echt geile Truppe der Paul, und der Georg toll aber voll, quasi Gesamteuphorie, Bergtour und jetzt Vorbereitungsparty, und das hat der Bacchus im Säuferhimmel, quasi vernommen und gleich gekommen, und dann schwebt er mit dem Brian von der Decke herab auf die zwei freien Barhocker, weil der Winnetou und der Einheizer: Erst mal richtig leer kotzen!, also schnell zum Klo bevor die Bergparty, und die strahlend blonde Isais steht plötzlich auch im Raum, alter Schwede, und der Paul und der Georg kommen vom Klo zurück, und jetzt kann´ s losgehen.

73

12 Die zweite Verkleinerung

Das Gefühl kennt doch jeder, total besoffen Heimweg nach Party total verlaufen weit und breit niemand, und da vorne steht Einer: Schwarze Lederjacke rasierte Glatze Tatoo vielleicht Monster Drache Riesenschlange schwarzblau rechts über dem Ohr versteinerter Blick geradeaus ca. 195 kräftiger Osttyp, und jetzt du, und da ist deine zweite und schwupp winzig klein und komplett unsichtbar für den Metallist, und da kuckst du: Metamorphose, die neue Zauberkraft.

Aber jetzt pass auf, der Rocker, der ist bestimmt ein Kundschafter, quasi Außerirdischer und Jenseitstyp, vermutlich Feind, und du nanoklein und ätsch der merkt gar nichts, also du nichts wie rein in die Birne vom Rocker und verdammt kleines Gehirn der *Ghost Rider* vermutlich Affenplanet, und dann denkt der Ghost, und du aha der denkt Höhle, und dann denkt der Ghost dass die Gehirnfunken nur so fliegen, und du aha der denkt Untersberg, und dann denkt der Ghost usw., und du aha der denkt usw., und dann steigt der Ghost und braust mit der höllischen, und du hast dich

spontan entschieden: Neuer Wohnort
vorerst hohle Birne vom Ghost und
nanoklein, und der merkt gar nichts,
alter Schwede, also ich.

13 Die Höhle

Also der Ghost auf der Höllenmaschine mit über 200 Sachen Richtung Untersberg und du nanoklein im Kopf vom Ghost total unbemerkt klar oder, und dann wird´s zappenduster der Ghost rast direkt durch den puren Fels in den Höllentunnel unsichtbarer Eingang durch den Fels Hologramm, quasi optische Täuschung, und am Ende des Tunnels die beleuchtete Höhle, und da fällt dir der alte Höhlengrieche ein, Platon hieß der, und der saß nämlich mit drei Anderen in einer tiefen Höhle, und ob du es glaubst oder nicht, der Platon und die Drei saßen in genau der gleichen Höhle, quasi Untersberg.

Und jetzt passt auf, die komplette Untersberghöhlenstory, quasi Höhlengleichnis vom Platon: Also der eine war Wächter, sein Kopf ähnelte einer riesigen Birne, gleichmäßig dunkelrot gefärbt, wobei der oberste, also der schmalste Teil, das offensichtlich nicht übermäßig große Gehirn beherbergte, quasi Affenplanet wie der Ghost und stets gewärmt durch einen Jodlerhut, der von einem kräftig-buschigen Gamsbart geziert wurde, und der Wächter trug eine

Pelzjacke und eine speckige Kniebundlederhose und hatte eine riesige rostige Hacke und einen Spieß bei sich.

Der Zweite war Börsenmakler, aber total pleite. Seinen Nadelstreifenanzug hatte er offensichtlich aus der Kleiderkammer einer karitativ tätigen Hilfsorganisation und seine schwarzen Markenschuhe waren schon stark ausgelatscht, und er fror sichtlich in der Höhle.

Der Dritte war im Vollrausch, quasi 45 Rotwein und 45 Beiwagen, und der meinte er sei Philosoph und sah dauernd sich bewegende Schatten an der Höhlenwand, obwohl noch gar kein Feuer brannte. Kar, oder?

Mit dem Feuermachen hatten die vier natürlich Probleme, weil das Holz so feucht war.

Daher beschlossen der Wächter, der pleite gegangene Kaufmann und Platon, die Höhle vorerst wieder zu verlassen, solange es draußen noch hell war.

Der abgefahrene Philosoph ging natürlich nicht mit, denn er hatte noch genug Rauschmittel und wollte lieber in dieser spacigen Höhle bleiben und im Halbdunkel noch ein wenig chillen und überdimensionale Visionen kriegen und jede Menge Schatten an den Höhlenwänden sehen, inzwischen war ihm nämlich das

Feuermachen gelungen. Der Philosoph hatte sein Saxophon und fünfzehn Dosen Ravioli in einem riesigen Rucksack mit in die Höhle gebracht, und als er die Wärme des jetzt lodernden Feuers in sich aufsog und sich genüsslich seine erste Dose Ravioli aufgedreht hatte um einen kleinen Imbiss zu nehmen, da hörte er seitlich ein Rascheln: Bruno der braunpelzige Höhlenbär war gekommen um sich am Feuer ein wenig aufzuwärmen und vielleicht auch noch ein bis fünf Dosen Ravioli leer zu schlabbern, und nachdem der Philosoph Bruno ausgiebig begrüßt und ihm die ersten zwei Dosen geöffnet hatte, waren deutlich Stimmen und Schritte zu hören, ohne dass der Philosoph jetzt schon ihre Schatten an den Höhlenwänden erkennen konnte. Das verwunderte den Philosophen sehr, und auch Bruno wirkte etwas beunruhigt und kratzte sich verlegen seinen braunen Pelz. Der Philosoph entschied sich kurzerhand für die noch nicht erkennbaren Besucher *Summertime* auf seinem Saxophon zu spielen, und das gefiel auch Bruno sehr und deshalb sang er lautstark mit bis die ganze Höhle dröhnte, und das Feuer flackerte kräftig, hei war dass ein Spaß.

Jetzt waren auch die Besucher zu erkennen und ihre Schatten bewegten sich an den Höhlenwänden hin und her.

Es waren der griechische Platon und der Wächter mit der großen rostigen Hacke und dem Spieß, und jetzt trug er auch noch eine riesige Kettenmotorsäge, mit der er Feuerholz klein sägen wollte. Dazu trug er noch einen Zwanzigliterkanister, voll mit Benzin.

Dem abgehalfterten Börsenmakler hatten sie ein neues Outfit verpasst. Er trug einen Kampfanzug, schwere Springerstiefel, eine doppelläufige Schrotflinte und zwei riesige Rucksäcke, von denen der eine voll mit Proviant und der andere mit Rotweinflaschen war, ach so: Ouzo natürlich auch, und dazu noch eine warme Pelzmütze und mehrere aneinandergebundene Biwakschlafsäcke.

Platon rauchte eine dicke Zigarre und unterhielt sich angeregt mit einem weiteren, dem Philosophen noch unbekannten Mann.

Als jetzt beide unmittelbar am Feuer standen, konnte der Philosoph erkennen, dass der unbekannte Mann ähnlich gekleidet war, wie der Wächter. Er trug auch eine buschige Pelzjacke, eine Lederhose und einen riesigen Fellhelm mit einem aufmontierten Elchgeweih und mehreren Antennen. Scheinbar war dies ein Kommunikationshelm.

Weiterhin waren noch mehrere zwergwüchsige Frauen mitgekommen, die ebenfalls wuschelige Pelzchen, Pelzschuhe und Pelzmützen trugen und lustig keckerten und vergnügt quietschten.

Das ist aber eine tolle Überraschung, dachten da der Philosoph und sein Freund Bruno, der wuschelig pelzige Höhlenbär.

Der Unbekannte stellte sich jetzt als Goth und die Frauen als seine Schwestern und Freundinnen vor.

Er und seine Begleiterinnen waren Außerirdische und waren, kurz bevor sie am Höhleneingang dann Platon, den Wächter und den Börsenmakler trafen, mit ihrem Ufo am Waldrand, unweit der Höhle, gelandet.

Dann verriet er ihnen, dass er die Erde schon oft besucht hatte und auch der außerirdische Uranführer eines alten irdischen Volksstamms war, die sich nach ihm Goten nannten.

Goth hatte eine Art Rucksack und viele blinkende Geräte bei sich.

Alle saßen dann tagelang gemeinsam um das flackernde, schön wärmende, Höhlenfeuer, aßen und tranken gemeinsam, rauchten den Philosophentabak, und dabei sahen sie immer wieder viele interessante Schatten an den Höhlenwänden, die sie dann gemeinsam deuteten, während der Philosoph dazu auf seinem Saxophon spielte, während der Wächter immer wieder neues Brennholz in die Höhle holte.

Die Höhlenparty dauerte etwa vier Tage, bis der Wein ausgetrunken und alles aufgeraucht und aufgegessen war.

Sie verließen die Höhle gemeinsam, und als Höhepunkt lud sie Goth noch zu einem Rundflug mit seinem schwarz weiß lackierten Ufo ein, und sie flogen in den Orbit und umrundeten mehrmals die Erde.

Platon nannte Goths Ufo, warum wusste keiner so genau, später immer Himmelswagen und schrieb über ihre Erlebnisse ziemlich unverständliche Abhandlungen.

Und ob ihr es glaubt oder nicht, der Ghost stellt den Feuerstuhl ab und öffnet die große schwarze Kiste, und drin ist der Raumanzug vom Goth und selbst der Fellhelm mit dem Elchgeweih, ihr wisst schon: Kommunikationshelm, und du bist schnell raus aus der Birne vom Ghost weil der in den Raumanzug, und der Ghost hat nichts gemerkt, aber besser unsichtbar am anderen Höhlenende, und da kannst du die Gespenstergeschichte schön beobachten wie der Ghost im Raumanzug mit dem Blinkkasten, und siehst du, da steht jetzt auch das schwarz-weiße Riesenufo vom Goth in der Riesenhöhle, und der Ghost schiebt den Feuerstuhl ins Ufo, und die Klappe zu und schupp, weg ist der Ghost mit dem Ufo durch die Höhlendecke.

Du blickst der leuchtenden Wolke hinterher, die sich nach dem Verschinden des Halbaffen mit dem gotischen Ufo langsam verflüchtigt, und die düstere Finsternis dieser schwarzbraunen Haselnusshöhle verheißt nichts Gutes, aber vielleicht bringt der Höhlenhitler ja gleich noch einen Karton Blaufränkischen, oder eine Kiste oberösterreichischen Obstler, oder eine Stange fränkische Zigaretten, wenn er noch lebt, aber einige sagen ja, quasi ganz deutliches Ja, und genau hier im Berg und genau hier in der Höhle.

Und dann hörst du Schritte und sofort Tarnkappe und sofort volle Deckung weil kein Höhlenforscher weil die Uniform weil SS-General und nicht mehr ganz frisch aber Körper und Uniform lebendig und blinkender Kasten rechte Hand und ganz laut Mein Führer! UFO-Start soeben geglückt! Alle Kisten und Särge an Bord!, quasi der Höhlenhitler lebt noch, und dann verschwindet der SS-Geist in der Höhlenwand, der Höhlenjodl der Höhlenjodler, und der Goth ist auch Nazi und der Ghost und schwarz-weißes Ufo, alter Schwede, also ich. Du hast natürlich die Tarnkappe aufbehalten wie der *Tegtmeier*, quasi *Malesse mit die Ohren* und Tarnung was sonst, und den Ausgang hast du so schnell erreicht, quasi *Die Nacht der reitenden Leichen*, und die sind schon einen Meter hinter dir und grunzen, und nix wie raus aus dem Höllenberg, und volle Pulle mit der allerletzten.

Dass dich danach der Taxifahrer war reines Glück und dass der dich gleich zur Stammkneipe war auch reines Glück und totaler Wahnsinn und alter Schwede und ganz großes Hallo und ui der Beiwagen steht auch schon neben dem Rotwein weil der Wirt: Erlösung!

14 Untersbergtour mit sexsüchtigen Frauen und alten Komasäufern

Wenn dir der Sexzahn weht und die Eier bis an die Kniekehlen hängen wird´ s Winter, also vorher das Projekt. Du hast seit zwei Minuten dein Weinglas und singst *Born in the USA* und im Kopf *Baywatch* und voll in die Hose gepisst und komplett entleert, quasi reingeschissen wie ganze Woche, und glaubst du das gibt´ s auch noch, du gehst zum Klo und das kleine Fenster, und dann nichts wie raus mit der, und der Thorben ist auch im Unterhosenklo, quasi Unterhosenweitwurf Thorben Unparteiischer, und dann hängt sie am Durchfahrt verboten Schild mehr als zwei Wochen und keiner, und danach wird am Tresen die Sprache so hochgezogen bis in die andere Welt, quasi Grund Thorben Frührente Religionslehrer Religionslehrermotto Glaube ist Entleerung und Entleerung ist Erlösung, nahtloser Übergang Untersbergtour, Außerirdische Spuk Rotwein mit Beiwagen Whiskey Bier Beiwagen Wein Whiskey Ramazotti doppelter Beiwagen Enzian Obstler Weissbier, quasi vollständige Entleerung, in den frühen

Morgenstunden Flug Düsseldorf Salzburg
Omnibustaxi Untersberg Seilbahn
Salzburger Hochthron zuviel Gepäck
dass die Gondel mühsam schleppen zur
Toni Lenz Hütte fast tot zittern vor
der Hütte Riesendurst Riesenweißbier
Riesenobstler Riesenfreude
Riesenpfanne Riesenessen Wiener der
Blachowitsch do am ersten da herstn
Ruhrpottler boah wat is dat denn
Weißbier Schnaps Rotwein mit Beiwagen
Rotwein mit doppeltem Beiwagen Rotwein
mit dreifachem Beiwagen Matratzenlager
Hüttenspuk Hüttensex Hüttengaudi
Stimmenhören Hüttensaufen
Hüttenkotzen, die ganze Nacht, alter
Schwede, und jetzt kann´ s losgehen.

15 Der Traum

Die Isolde hat den Untersberg. Nicht was du meinst, obwohl. Hüttentraum nach Hüttensex, die Isolde, fast schon Alptraum.

Also pass auf, während du so laut geschnarcht hast liegt die Isolde neben dir, quasi Hin- und Herwalze die ganze Nacht aber Traumkoma. So. Und ich glaube Grundsatzvision im Isoldetraum, quasi Jenseitsentleerung, und der Isolde ist dabei die ganze Zeit nur sie selbst erschienen bis dann morgens alles so matschig, quasi kräftig ins Hüttenbett geschissen aber Traum, und die Isolde gleich den Block und zum Klo, quasi Restentleerung Kotzen Restentleerung Weiterkotzen alles und danach Vollbad, und in der ganzen Morgenunruhe hat die Isolde immer noch die Muße gefunden ihren Untersbergtraum aufzuschreiben, quasi taufrisch aber Bett, und während die Isolde mit dem Thorben hast du das vollgekackte Isoldebett vor die Hütte geworfen, und die Hüttenwirtin gleich den Schlauch und das wird schon wieder, alter Schwede und ui.

Und ob ihr es glaubt oder nicht, der Komatraum von der Isolde ist eine Prophezeihung, quasi Isais Offenbarung isoldekomatisch, und den alten Hubertus Koch und die alten Tempelritter vom schwarzen Stein auf dem Ettenberg und die Isais Offenbarung kennst du ja auch, quasi göttliches Duschkonzert und vollständige Verzückung mit der blonden Isais. So. Und jetzt kann´ s losgehen, der Traum.

Die Isolde boykotiert das Frühstück, also Weißbier, und die Isolde und du und der Thorben und der Winnetou und der Ruhrpottwirt und Paul Dralle und alle, quasi besser Extrabierbank die Hüttenwirtin und der Hüttenwirt weil die vielen Bergwanderer usw., klar oder, und die Isolde schreit ganz laut prost und Blick auf die Mittagsscharte, und die Sonne scheint, und das ist gar kein Traum und keine Prophezeihung ruft die Isolde und der Name *Timeslip* also: *Ein grauweißer Wolkenschacht Öffnet einen Berg Vor deinen Augen Voller Hoffnungen Du gehst auf den Berg zu Spürst Kälte Gleichzeitig Wärme Und inneren Aufbruch Aus dem Schacht klingen Stimmen Von Innen Ohne Nähe und Vertrautheit Wie Bohrer, schmerzhaft im Ohr Du wankst in den Schacht Lichtkegel, Berg Ohne dich umzuschauen Auf dem Weg zur Mitte, Zukunft, Vergangenheit, Du, Geh nicht weiter! Sagt ein Gefühl Innere Stimme Trotzdem gehst du: Hinein! Es wird unklar, verschwommen Jegliche Orientierung fehlt Außer deiner Erinnerungen Und vor dir: Einige Wege! Du warst schon oft hier Meinst du Wachst plötzlich entsetzt auf Und gehst durch den glänzenden Berg: Zum Licht!*, quasi Gedicht, und die Isolde hat jetzt ganz glänzende, und Schnapsrunde und der Wiener und der Ruhrpottler und die anderen Pottler und die Berggeher und die Schamanen und die Esoterikerinnen und die Landartkünstlerinnen und die Wienerinnen und die Pottlerinnen und die Berggeherinnen und die alten Geologen und die alten Steinklopferinnen und die alten Naturführerinnen und alle, quasi prost Gemeinde und gleich noch einen, und was für eine Traumvision und irre Traumpfade das Isoldegedicht, quasi totale Entlehrung, und gleich Rotwein mit Obstlerbeiwagen und Rotwein mit zwei Obstlerbeiwagen usw., alles, alter Schwede, also ich.

Die nächste Nacht, der nächste Morgen. Der erste Morgengedanke hat den Funken erzeugt und Leben im Kopf, und siehst du, das ist der Untersbergglaube ohne wenn und aber, und du würdest gar nicht, aber wenn du jetzt aufstehst dann, weil die Höhle und keiner weiß wie, und die Isolde letzte Nacht und alle sind verschwunden nur du, und dass du den

Eingang entdeckt hast aber jetzt die
Stimmen, und siehst du, das war der
Untersberg, du bist allein nach dem
Saufgelage und keiner mehr, nicht mal
der Thorben und der ist doch Religion,
und der dralle Paul auch nicht, quasi
Bergführer aus Herten Fehlanzeige.

97

16 Schon wieder die Höhle

Weniger ist mehr und genau richtig nanokleine Verkleinerung. Da steht nämlich die Prunkkutsche vom Bacchus unterm Baum, quasi fast schon Höhleneingang und die Goldpferde und alles, quasi Swimmingpool und Weinstand und Bierstand und Obstlerstand und Ouzostand und Gourmetessenstand und Bunnybedienung High Heels Oben-ohne und Planschhasen mit dem Bachus im Swimmingpool nackt und Sex draußen vorm Prunkwagen unterm Baum beim Höhleneingang, und siehst du wie die Zauberkraft wirkt, quasi nanoklein, und der Bacchus hat gar nichts gemerkt.

Schon wieder die Höhle denkst du und setzt vorsichtig einen Schritt vor den anderen. Stockfinster. Überall hörst du Geräusche. Ein uralter englischer Waldfriedhof um Mitternacht könnte nicht unheimlicher sein. Aber nanoklein und keiner sieht.

Und jetzt pass auf, der Baphomet, das Flackerlicht das Vibrieren die Flackerschatten die Lichtspiele die braunen Queckorks die Nazis die Veschwundenen der Hitler der Bimmler der Himmler der Pimmler der Grimmler der Simmler der große Karl der

Hubertus Koch die Templer der Höhlenjodl der Höhlenjodler der Höhlenhodler der Platon der Goth die Gothen die Untoten der Börsenmakler der Wächter der Philosoph der Höhlenbär alle, quasi die Höhle, und ihr fragt Baphomet, und das lässt sich ganz schwer erklären, quasi dicker goldener Zauberstab vom Boden einsfünfzig, quasi Höhlengoldbaum, und der schaut immer in zwei Richtungen gleichzeitig, quasi Janus männlich weiblich, quasi Zweikopf einer mit Zopf, und der Baphomet war schon bei den Templern und bei den Hebräern und bei den Babyloniern und bei den Assyrern und bei den Sumerern und bei den Ägyptern und bei den Neandertalern und bei den Fellmenschen und bei den Baummenschen und bei den Paradiesmenschen und bei den Dinosauriermenschen und und und, quasi außerirdisch, und zum Baphomet gehören die Zaubersteine obendrauf der *Ilua* und untenrein der *Garil* sonst zaubert und strahlt nämlich gar nichts, quasi kein Feuer in der Höhle und keine Zeitreisen und keine Götter und keine anderen Welten und keine Glasschädel die singen und kein Licht und keine Schatten die an den Höhlenwänden huschen und kein Platon und keine Philosophie und keine Schattendeutungen gar nichts.

Du bist natürlich nanoklein in den
Philosophenkopf gehuscht und der
Baphomet wummert, quasi glüht, und die
Schatten an den Höhlenwänden, und
gerade huscht der Höhlenhitler an der
Wand und der Höhlenjodl und riesig
schwarzer Schatten bis an die Decke
der große Karl hinterher, und ob du es
glaubst oder nicht, zu viel Energie
tut auch nicht gut, vielleicht
schwarzes Loch Wurmloch
Baphometkurzschluss außerirdischer
Kurzschluss Zauberkurzschluss
Dämonenkurzschluss Vulkanausbruch im
Untersberg Ufobruchlandung
Höhlenjodljodler usw., quasi
Riesenknall, und der Schatten vom
großen Karl fällt von der Wand und
stinkender Staubhaufen auf dem
Höhlenboden sonst nix, quasi einer
weniger. Der Höhlenjodl hat dann ganz
schön laut gejodlt und immer mein
Führer der Karl mein Führer der Karl
mein Führer der Karl usw., und der
Höhlenhitlerschatten an der Wand hat
zum Höhlenjodlschatten an der Wand
zurückgejodlt Jodl du alter Höhlenbär
der Karrl das macht garr nichts weil
iich bin derr Füührrerr, quasi doppel
rr, und der Börsenmakler hat zum
Philosophen geflüstert vielleicht
besser Wandelanleihe aber schnell, und
der Philosoph geht zum Baphomet und
Neueinstellung und neue Position, und
schon wummert der Baphomet wieder und

besser wie vorher, und gleich noch ein
Knall, quasi Doppelriesenknall, und
der Höhlenhitlerschatten und der
Schatten vom Höhlenjodl fallen von der
Höhlenwand, und das staubt vielleicht
bis an die Höhlendecke, und übrig
bleiben auf dem Höhlenboden nur zwei,
quasi zwei Dreckhaufen sonst nichts,
und schon wieder zwei weniger, alter
Schwede, und wenn das so weitergeht
hat Bruno der Höhlenbär bestimmt bald
wieder seine Ruhe.

Der Philosoph hat zum Baphomet
wohl einen ganz besonderen, quasi
Freundschaft, weil der Baphomet danach
die bösen braunen Queckorks und die
Höhlenhitlergeneräle und den
Höhlenhimmler und den Höhlensimmler
und den Höhlenpimmler und den
Höhlengrimmler und die
Höhlenhimmlergeneräle und die ganzen
braunen Schatten von der Höhlenwand,
quasi Riesenknall und Staub bis zur
Höhlendecke, und schon sind die
braunen Schatten futsch, und ätsch
stinkende Dreckhaufen auf dem
Höhlenboden sonst nix, und schon
wieder weniger, und da hat bestimmt
die Isais ihre göttlichen Finger mit
im Spiel aber zeigen Fehlanzeige, und
die Bacchusorgie hallt von draußen,
und inzwischen torkeln die ersten
Vollrauschbunnies halbnackt in die
Höhle, und als der Philosoph die
Bunnies entdeckt ist alles, quasi

Höhlenorgie, und dass irgendwo der Bruno brummt hört in diesem Moment niemand, und du bist ja nanoklein im Philsosophenkopf und der hat den Bunnyblick, quasi Endorphinrausch du und der Philosoph, und der Börsenmakler Wandelanleihe aber schnell und der Wächter schwingt die Hacke und kommt nur her ihr Höhlengeister dann bums vallera, aber wo bleibt der Platon, quasi kurz mal pinkeln und jetzt, und du springst natürlich mit letzter Kraft nanoklein aus dem Endorphinbunnykopf vom Philosophen, weil Heroin bringt nämlich gar nix, und siehst du wie die Höhle, und jetzt kann´ s losgehen.

Also passt auf, ihr glaubt bestimmt dass der Platon, aber völlig falsch der Bruno, der bringt nämlich den Platon weil sich der in der Höhle nach dem Pinkeln total verirrt hat, und die Verschwundenen sind auch mit dabei. So. Und ganz großes Hallo, und wer seid ihr denn, und wo kommt ihr denn her nach zwölftausend nach dreitausend nach hundert nach zehn Jahren, also ich, und der Börsenmakler gleich Wandelanleihe aber schnell, und jetzt kann´ s losgehen.

103

17 Die goldene Kiste
die
Isaisoffenbarung
und dann...

Jetzt passt auf, der Philosoph und die nackten Bunnies vom Bacchus, die tanzen nämlich immer wilder um den Baphomet, und der wummert auch immer wilder und strahlt immer greller, und ob ihr es glaubt oder nicht, wildes Tanzen holt den Schatz aus dem Boden, quasi der Philosoph stolpert, und da schaut der Rand von der Goldkiste raus, alter Schwede, und der Wächter gleich die Hacke, aber der Platon bist du verrückt, nimm die Schaufel, und ruck zuck reißt der Neandertaler die Kiste aus dem Boden, und auf der Goldkiste steht eingraviert *CN 1936*, und jetzt du, also ich.

Die Kiste ist natürlich mit dem Geheimschloss gesichert, aber du hast ja die Zauberkräfte, und schwupp springt der Deckel auf, und was ist drin lauter vergilbte Papiere, und der Platon hat den Übersetzungskasten vom Goth, und der sagt ganz genau und liest, und der Kasten sagt Isais Offenbarung, quasi Abschrift Autor unbekannt, und der gotische Ufokasten druckt alles auf einer langen Seite, quasi immer an den Leser denken, aber die Isais hätte auch selbst vorlesen können, denn während die besoffenen Bunnies total nackt mit dem Philosophen um den Baphomet tanzen, und der wummert und wummert und wummert, macht es plötzlich wumms und riesige Erscheinung Lichtgestalt Isais, und du bist total, quasi vollständige Verzückung, und die Isais hat den Zauberspiegel mitgebracht, und mit dem Zauberspiegel und mit dem wummernden Baphomet, also die Zwei, alter Schwede, damit geht wirklich alles, und du fliegst in Gedanken über *Grünland* zu *Allvaters* Reich, und die Isais starrt dich an als möchte sie mitfliegen.

Und siehst du, der Bacchus mit der Prunkkutsche: Höhle, quasi Swimmingpool Feststände Sexhasen Bunnyhasen Osterhasen Riesenhasen dicke Hasen dünne Hasen kleine Hasen alles Höhle, und der Baphomet wummert, quasi taghell, und die Isais hält den Zauberspiegel, und der Philosoph und der Platon und der Wächter und der Börsianer und die Verschwundenen und die nackten Bunnies und du und alle, und der Goth ist gelandet, und die Klappe geht auf, und der Ghost schiebt das Zweiradmonster raus, und der Goth steigt aus, und seine Freundinnen steigen aus, und seine Schwestern steigen aus, und die Gothen steigen aus, und die Zygothen steigen aus, und die Untoten steigen aus, alle, und der Baphomet wummert, und der Spiegel spiegelt, quasi Jenseits zeig dich, und mach hoch die Tür und die Tor macht weit, und jetzt kann´ s losgehen, Dichterlesung Isaisoffenbarung, und die Isais liest den deutschen Text, Quelle *Causa Nostra*:

Wahr sprech' ich - euch zum Gehör.
Bild geb' ich - euch zum Gesicht.
Rede Kenntnis und Weisheit, allumspannend,
von Voranfang bis Endesend.
Rede nicht Gleichnis noch Sinnbild,
nicht umwegend Wort,
klar geb' ich kund, was war, was ist.
Menschwesen, da erdverbunden,
dem Sterben geweiht - und unsterblich zugleich;
Gestirnenkinder, himmlisch Gebor'ne -
vieltausendfach älter als darhier die Welt.
Lichtmachtsöhne und Töchter des Glanzes,
Himmelsbewohner, sich im Dunkel Verlor'ne.
Lichtlebendig - und doch dem Schatten erlegen;
ewiglich - und doch vom Sterben nicht frei.
Wanderer über den Graten der Welten,
neu diesseitsgeboren - wieder jenseitsbestimmt.
Götterkinder, doch göttergleich nicht.
Noch vielsagend mehr gibt es über die Menschen;
Alt ihr Geschlecht - jung ihre Welt.
Ungeboren das Menschenwesen,
seit Voranfang da, wird immerzu sein.
Voranfang war, da aus Vorewigkeit alles gegeben;
nicht Raum war noch Zeit.
Wesenlos schlummernd die Wesen da alle,
ehe Allvater sich ihrer erbarmte,
schuf meßbare Zeit, schuf Räume,
durchwanderbar: Himmelswelten.
Dort hinein sanken die Samen der Wesen;
Ewigkeit ward geworden aus Vorewigkeit,
Anfang dem Voranfange entsprossen.
Herabneigte sich Allvater, der Wesen zu sorgen.

Lebenskraft   spendend,   seelentfachend,
geisterweckend.
Wach ward da Himmelwelts Leben und Weben,
erkennend die Wesen sich nach ihrer Art:
Waren solche, wie später Menschen wurden,
waren solche wie wurden Getier,
waren solche wie Pflanzengrün -
und waren Dämongeister.
Und alles doch nicht, wie heut die Erde es kennt,
was den Himmelswelten entfallen.
Ist ja himmelentsprungen, was im Irdischen lebt,
geflohen einst Allvaters Licht,
gesuchthabend fremde Schatten - ahnungslos.
Denn ein Schattenfürst sich erhob wider die Welten
des Himmels,
Allvater zu trotzen.
Ein Schattenreich sich der Schattenfürst schuf -
ferne den Himmeln: Die finstere Höll.
Leerenendlosigkeit   zwischen   diesen   Welten   sich
dehnt;
keiner, der da versöhnte.
Auf der Mitte indes, zwischen Dunkel und Licht,
mächtige Geister sich Walhall erbauten.
Dort leben Allvaters kühne Götter,
Immerkampf herrscht zwischen ihnen und Höll.
Abfielen aber aus Himmelswelten zahlreiche Wesen,
anzuschauen die Höll.
Später sie wurden Menschen.
Solche alle in Ohnmacht versanken,
vergessend des eigenen Namens,
vergessend allens, was war.
Für diese Gefall'nen Allvater frisch erschuf neue
Weltenheit:
Erdenreiches Diesseits mit dem All der Gestirne,
zur Abergeburt den verlorenen Scharen,
Wanderweg bis ans irdische Sterben
und Pforte zur himmlischen Heimkehr.
Jenseitsweltenbogen   gab   Allvater   hinzu   den
Menschenverfall'nen;
Brücke für deren Wiederkehr.
Die Weltenheiten euch nenn ich nun alle,
wohlerschaff'ne, allvatergefügt:
Zu oberst die Himmelswelt ewigen Lichtes,
Allvaters   Reich,   aller   Wesen   ursprüngliche
Heimstatt.
Das allumschließende Grünland dann ist -

keine Weltenheit, die es nicht umspannte,
diesseits wie jenseits des Spiegels.
Darin auch die Höll ist, die finstere, grause;
blutbrennend, Ekel endloser Qual.
Inmitten Grünlands Walhall hat seinen Ort;
starke Feste, herrliche Burg.
Diesseitsweltenheit auch schwebt im Grünen Land,
mit der Erde und den leuchtend Gestirnen.
Ebenso   sich   spannt   da   der   Jenseitswelten
vielfarbiger Bogen:
von himmelhoch bis nieder zur Höll.
Gar zahlreich sind die Welten dort drüben,
zu durchwandern nach irdischem Sterben den Menschen.
An Grünlands Rand, fern, liegt ein unheimlich Reich:
Die graue Gracht der Dämonen;
oft fürchterlich, doch auch still.
Die Schlafwelten gibt es in Grünland mehr -
und auch der Versunkenen schweigendes Tal.
Die Erdenbewohner kommen von dort,
keimlinggleich erst, diese Welt zu durchstreifen,
Heimkehr zu gewinnen.
Wahr sprech' ich, rede Kenntnis und Weisheit,
lehre Wissen und Weg euch mit klarem Wort.
In Himmelswelten wohnt Allvater mit seinen Getreuen.
In der Höll haust der finstere Schattenfürst, der
Verworfene,
der Verderber: Schaddain ist sein Name.
In Walhall herrschen die heiteren Helden,
die Götter mit ihren Frauen.
Gastrecht bei ihnen Ischtara hat, Allvaters Botin.
Die Einheriar gehen dort ein und aus,
die doppelt Unsterblichen, Geschwister mein.
In das Diesseits alle Menschen gelangen,
mit ihnen Getier und Gewächs,
Erdensein zu durchwandern.
Der Jenseitswelten weiter Bogen
ihnen Weg bietet nach irdischem Sterben.
Einjeder wählt sich seine Bahn.
In Gründlands Gefilden alle können sich treffen:
Gute und Böse, jedwede Art.
Isais, die euch belehrt, hat dort ihr Amt.
Nächtens im Schlaf euer Geist aus dem Leibe sich
hebt,
zu durchschweifen die Schlummerwelten.
Gar manches begegnet sich da,
tauscht mitunter sich aus auf Zeit.

Hochauf mancher Geist strebt auch hellichten Tags.
Schwingung vom Jenseits mag zu ihm sprechen,
Botschaft zu geben.
Doch warn ich: Oft solches ist Trug.
Aufmerkt, Menschenwesen, Erdnachgeborene!
Und schaut: Nicht hier liegt der Anfang.
Hört. Wahr sprech' ich euch und in deutlichem Ton,
gebe euch Rat:
Krieg ist im Reigen der Zeitenläufe,
seit Schaddain sich wider Allvater aufwarf.
Platz findet, Raum greifet, wo des Helden Schwert
wird gebraucht,
wo nach kühner Tat wird verlangt.
Ort wisset, welcher der eure ist.
Wer zögert, der duldet – wer duldet läßt obsiegen
Höll.
Sanft biete Gruß dem Sanftmütigen,
doch Schlachtruf schleud're entgegen dem Argen.
Kenne Liebe an ihrem Platz – wie die Stunde des
Speers.
Mitleidvoll fühle, wo Notkrallen rissen ein Leid.
Hart blicke aber ins Auge des Greifers.
Aushole zum Schlag – nicht zaudere –
wo finstere Wolke sich niedersenkt.
Krieger sei – wo Kriegeswut vorherrscht.
Liebender sei am heimischen Herd.
Zwiegeteilt ist das Erdenwandern:
wie hell ist der Tag und dunkel die Nacht.
Nie wähne, eines von beidem bloß sei.
Wahr sprech' ich, will weiter euch weisen,
will zeigen, was ist:
Heimsucht Schaddain Erdenwelts Städte und Länder,
Meere und Schluchten, Wüsten und Wälder, Auen und
Berge,
bricht auf die Qualquellen, blutdurchtränkt er die
Völker,
als ein Gott sich gebärdend.
Vielgesichtig die Fratze des Bösen
aus den Fugen der Erde allerorts gafft,
vielhäuptig die reißenden Rachen.
Kein Schwertstreich allein taugt, alle zu spalten.
Flammenmeer über den Ländern wird tosen
noch manche Zeiteinheit, ehe der Wurm vergeht.
Arglist nähret des Unwesens Wanst,
macht mächtig den Werfer der Schatten.
Wer wollte da Einhalt gebieten dem Grausen,

so lang nicht sich auftut der Krug klärenden
Wassers?
Ausharret darum!
Bereitstehen sollt ihr durch alle Zeiten -
bis erfüllt sich die Stunde siegreichen Schwertes.
Hoch wehen dann wird die Flagge im Sturme
der endsiegenden Schlacht,
wenn Wasserkrugs Strahl netzt die Erdenwelt.
Fern der Tag, die Stunde des Sieges.
Fegende Wolken türmen herbei, Blitze sie speien.
Lichtreich! O Lichtreich, dem Schiff bricht der
Kiel,
Trümmer nur landen am Harmstrand.
Auflest die Stücke, sorgsam hütet für neues Werk:
Siegschiff da einst.
Wenn der Strahl bläht das Segel -
von Jenseits er kommt durch Ilus Sonne, unsichtbar -
dann ist die Zeit.
Späht durch die Sternenwelt,
aufschaut zum Haupte des Stiers.
Die Lanze er bringt.
Ausmeßt der Sterne Maß: Vom Haupte des Stiers
bis zum Wasserkrug.
Unterm Mittel ihr findet den schwarzlila Stein.
Schwarzer Stein, wirkmächtig Kraft.
Isais einst holt' ihn wieder aus Höll'pfuhls grauser
Stätte,
überlistend den Fürsten der Schatten, der ihn
Walhall geraubt.
Darbrachte Opfer Isais,
schnitt vom Haupthaar sich eine Ellenlänge
und legte an Knabenkleidung,
um Schaddains Wächter zu täuschen.
Eindrang Isais so in Hölls finsteren Pfuhl,
zu retten den schwarzlila Stein:
Gewaltig seine Kraft, gibt Wasserkrugs Licht.
Heil den Wissenden! Heil den Weisen,
die befolgen, was ist angeraten.
Wirkmächtig werden sie sein.
So Frauenhaar bindet magische Kraft,
Jenseitsschwingung fängt ein es im Diesseits.
Je länger da wallet in Ebenmaß,
um so mehr lichte Kraft zu gewinnen vermag's -
doch nicht unbedroht in finsterer Zeit,
weil Schaddain danach lechtzt.
Strömende Geister, magische Schwingungskraft,

wählt der Maiden lang' Haar sich mitunter zum Hort.
Ist gut zumeist, spendet gar viel,
gibt Vermögen zu wirken durch Wollen.
Die im Hof und am Herd und im Licht, halten sich's
lang, wahrlich sehr lang.
Doch welche offen wider die Finsternis streiten,
mögen's schneiden ein Stück, wie Isais zur Höllreis
tat.
Wo der Finsternis Schwingung herrscht vor,
da nistet von solcher leicht manches sich ein
bei magisch werktätigen Frauen in den Haaren,
wenn diese länger als nötig sind;
notwendig aber ist das Maß einer halben Elle.
Machtvoll der Mann ist im Kampf mit dem Schwert
und kraft seines Willens - magisch indes ist das
Weib.
Erkennen euch geben am Himmel die Zeichen.
Der Beruf'ne erfühlt's, die Erwählten begreifen's,
Sie rufen mich an:
"Aus dem Lichte des Mondes,
aus dem Dunkel der Nacht,
kommst du herbei, Schwester Isai,
die du immer uns gesehen,
die du unser stets gedacht."
Schwarz erscheint der Stein - und ist doch licht.
Urstoffteil - unsagbar stark.
Manneskraft führt ihn, Weibesart jüngt ihn,
macht wirksam da werden Walhalls Heer,
Seiner Heimstatt Volk Sieg er verleiht -
tausendjährig andauernd gewiß.
Denn in Wodins Berg ruht die Macht.
Stimmenklang vernimmt er, der Erwählten Zunge,
mag Fremdes nicht leiden. Ist nicht sich bewußt -
und doch tatengleich;
ist schwarzlila Gestein - doch hell' Lebensmacht.
Ich, Isais die Maid, die ich euch erwählt, die ich
zu euch rede,
geb' ihn eurem Stamm.
Wer Isais küßt Mund, Nacken und Haar,
wird wiedergeküßt werden von Isais' Geist.
Die Wahren erhör' ich,
die Falschen jedoch schlägt meine Kralle.
So ich mich euch zeige, damit Bild ihr könnt formen
- sei's aus Holz, Erz oder Stein - zieh in es ein,
um als Schwester unter den Wahren zu walten.
Doch den Falschen komm ich als Pantherin.

Bin nahe euch so, bin mit eurem Stamm -
auf Jahr, Stunde und Tag - bis erfüllt sich die
Zeit.
Wenn Ischtara wird aufgetan haben des Wasserkrugs
gläsernen Deckel und wirksam strahlt schon junges
Licht -
dann Wandel herbeinaht.
Dann hat Isais ihr Werk vollbracht für die Zeit;
Ischtara trägt fortan das Amt.
Ihr sollt ihr dann küssen Mund, Augen und Haar,
der Lichtmächtigen sollt ihr dienen zum Zweck,
doch nicht vergessen Isaiens.
Einige aber, welche die Tapfersten sind,
die mögen an meiner Seite verbleiben.
Aus dem Scheine des Mondlichts ruf' ich sie mir.
Aus dem Lichte des Mondes, so rufen sie mich:
Solche sollen's sein, die das Schlimmste nicht
fürchten
und das Schwerste nicht scheuen,
die verzichten auf nahen Frieden und Seligkeit,
weil in Grünland der Kampf noch nicht endet.
Ihnen will ich nicht mehr Schwester bloß sein,
sondern Braut und Gemahlin.
Erst wenn erfüllt, was Allvater will,
wenn gold'ne Zeit aufgeht über den Ländern der Erde
und in aller Völker Herzen,
erst dann gelt' den Menschen Allvaters Zeichen
allein.
Fern ist die Stunde, weit ist der Weg.
Noch lang herrscht vor die Nacht der Verwüstung,
ungefesselt brüllet Schaddain.
Sternentöchter und Himmelssöhne,
Allvaters Freunde, Schattenmachts Pein:
Hoch steigt der Wille, so Erkenntnis da webt.
Bestimmt ist der Sieger seit ewiger Zeit.
Aus dem Haupte des Stiers, Hilfe euch kommt
in Drangsal und Not, der Artgleichen Waffe.
Kinder des Stiers, Isais' Schwestern und Brüder,
die Besten der Stämme dahier.
Fern haltet euch von fremdem Blute, rein bleibe der
Stamm,
den Isais und Ischtara lieben,
der vorbestimmt ist aus Allvaters Wort.
Himmlisch' Lichtströme allhier das Land durchwirken;
gerufen, gekommen, gehalten,
gebunden durch des schwarzen Steines Band.

Am Fuße des Bergs hier, tief verborgen im Fels,
soll er ruhen bis zur Stunde der Zeit,
bis Wodin Wort und Tat da ergreift.
Drum ihr sollt Isais' Kuß weiterreichen
durch die Geschlechter des heiligen Stamms;
nichts zerteile das Bündnis.
Spreche euch dies in deutlichen Worten,
mein nicht Sinnbild, sage genau:
Treu bleibt der Kindschaft in Allvater stets
und der Geschwisterschaft mein.
Und beachtet den Bruder im Stier.
In Grünlands Weiten, Walhall nahe,
ausbreitet die Schwingen Malok, der kühne,
Isais' treulicher Kämpe;
der bei gefahrvoller Reise in die Burgen der Höll
herbeigeeilte Beschützer,
der mich bewahrt' vor dem Schlimmsten,
Rettung mir brachte vor Schaddains Häschern.
Doch warn' ich, nur zu rufen Malok in höchster Not
und nicht anders als in meinem Namen.
Denn fürchterlich ist er sonst leicht.
Sag's jetzt euch, weil dem Stierhaupt er gleicht,
der geflügelte Krieger, der starke, der kühne,
der gewaltige - und doch alleine sich gilt.
Keiner ein Standbild dem Malok errichte -
ohne auch das der Isais.
Sonst er kann anders kommen, als ihr rufen wollt.
Gezügelt, Maloks Wut wird zum Rechten geleitet -
verlangt in meinem Namen und Bild.
Viele Brüder hat Malok und manche Schwestern.
Mächtige Wesen, das Jenseits durchstreifende,
Zauberkunst wirkend und mitlenkend Kampfesgeschicke.
Völkerstämme nennen sie oft ihre Götter.
Eure   Göttin   aber   Ischtara   heißt,   Allvaters
strahlende Botin,
und eure heimlich Gefährtin Isais.
Sie   werdet   ihr   sehen,   wenn   die   Siegschlacht
geschlagen,
zur Feier mit langwogendem Haupteshaar,
eh ich's zum Weiterkampf abermals kürze.
Dies sprech' ich, weil ihr's wissen müßt,
mein Bild stets zu kennen.
Wie ihr es denkt - so erkenne ich mich.
Denn alle Gedanken sind in Grünland zu sehen,
wohlverständliche Botschaft und Bilder.

113

Und beachtet erneut, daß Malok kann werden zu wilder Gewalt,
so Isais' Zügel sollt reißen durch unbedacht Menschenhandeln.
Ehre geben mögt ihr ihm immer, dem einsamen Recken -
stets war er treu - doch wisset:
Menschengefühle kann Malok nicht kennen.
Drum der Irrufer verschuldet die Irre sich selbst.
Ich spreche zu euch, was zu wissen euch nottut.
Merket wohl alles! Nichts ist zu versäumen.
Drei Flammen laßt brennen zu jeder Zeit,
wo vielleicht ein Bildnis des Malok steht nächst dem meinen.
Speeres und Spiegels hohes Geheimnis
ist euch schon von Isais gegeben.
Ihr wandelt zwischen Grünland und Erdenwelt.
Weit web ich, Band eurem Streben.
Unsichtbar meist - und doch strenge fest.
Altvordere wußten, ritzten die Runen, hielten Allvater Wort.
Bis fremde Winde den Giftstaub da bliesen
hinein in die Gedanken der Menschenwesen,
bis Übelsaat aufging all unter den Völkern.
Aufweckt Erinnern, was lag lange schlafend,
neuer Strahl alte Sonne läßt leuchten, innere Sonne, inwendig Licht.
Altüberliefert, doch ewiglich jung:
Hohen Geschlechts aufragender Geist.
Die Ahnen blicken von drüben.
Altvordere wußten, ritzten die Runen, gaben wohl kund,
kenntnisreich überbringend von vielem, was war,
was gewesen vor langer Zeit:
Drei Völkerstämme zu dem Volke sich einten:
Landgebor'ne, Seegebor'ne, Luftgebor'ne da waren.
Die ersten dem alten Boden entsprossen,
die zweiten von ferne gesegelt über das Meer,
die dritten aus dem Sonnland gekommen,
vom hohen Turme nahe den Wolken.
Alle sie einte in früher Zeit schon Thale, die heilige Insel.
Des sich besinnend, sie vereinten sich neu - allvatergeführt.
Viele vergaßen's, manche durchschauten es nicht:
Ein Volk war es immer gewesen. Seit uralter Zeit:
Schicksalzerteilt - geschickhaft wieder geeint.

Erst' teilend' Geschick war rasend Feuer -
allüberall.
Verbrennend die Erde, versengend das Gras,
verdunstend die frischen Gewässer,
aufzehrend der Völker Mark.
Zweit' teilend' Geschick war stürzende Flut -
allüberall   überschüttend,   strudelreißend,
wogenschäumend,
brechend hervor aus den Wolken,
herbeitobend aus Flüssen und Meeren.
Länderversenkend, völkerverschlingend.
Dritt' teilend' Geschick kam mit eisigem Griff -
grollende Riesen ohne Erbarmen;
fliehen mußten die Menschen.
Drei teilend' Geschicke teilten ein Volk in drei.
Auseinander sie gingen - wieder sie sich gefunden.
Gesandt war zu ihnen - auf Allvaters Geheiß -
Ischtara,
wieder zu einen, neu zu bilden Mitternachts Volk,
die Urherren der heiligen Insel.
Weil Wasserkrugs Licht braucht tragende Stärke,
so   unsichtbar   sich   ergießt   über   die
Menschengeschlechter.
Da sollen die Bestimmten wieder vereint sein -
in goldener Zeit - tausendjährig -
umzuwandeln Wasserkrugs Licht in innerlich Gold.
Ischtara und Isais
drum geheißen zu zweit aus Allvaters Wort,
einejede in ihrer Weise, den Helden leitend zu
dienen.
Wahr sprech' ich, Isais, Wissensdurst euch zu
stillen
aus der Erkenntnis Brunnen:
Weise schickte hinab zu den Menschen Allvater
manches mal,
sandte Ischtara auch in des Großkönigs Reich,
der die Erde beherrschte von allen Winden. Bel hieß
sein Land.
Aufschreiben ließ er, der mächtige König,
wie ward wiedergegeben aus einer Seherin Mund.
Hoch bis nach Thale, zur heiligen Insel,
der Großkönig kundbracht' die Botschaft der Göttin
in den Zeitenheiten goldenen Wissens.
Zeiten darauf Finsternisfluch sich nahte den
Menschen,
als Schaddain grausame Diener sich kürte

und diese ihn nahmen zu ihrem Gott.
Haßwolkenfinsternis die Sterne verdunkelt',
Blutrausch erwachte, Entsetzen den Völkern.
Finsterniszeit, Arglist des Trachtens, Bosheit der
Tat:
Schaddains Brut weit sich breitet' aus und gewann
Raum.
Zu Blutrinnen wurden die Furchen der Erde;
keiner mehr liebte den andren.
Geschlachtet ward gar Allvaters lebendige Botschaft
durch die Knechte des finsteren Grauens.
Denn Allvater als Allkrist selbst war's gewesen.
Finsternishaß wider ihn kam zur Wut.
Lichtmacht gemartert, Wahrheit zerstampft,
Befreier gebunden - schreckliche Zeit!
Isais hielt Ausschau, von Grünland her,
nach wackeren Helden, ungebeugten.
Prüfend sie sah den bestimmten Stamm,
zu dessen Besten sie sich bekennt.
Wenige sind's, auf das Ganze gesehen,
und auch daraus Geringe an Zahl.
Die ich erkannte, durch grünländ'schen Spiegel:
die heilige Schar. Ihr gilt mein Herz.
Zu euch ist's gesprochen. Hoch haltet die Wahl,
nicht mißachtet die Kür.
Kein and'res Geschlecht eures Dienstes könnt walten.
Erkenntnis gewonnen der schwebende Adler -
einsam über den Wolkenhöhen.
Schweigend betrachten, stille begreifen -
wissend vorangehen: So tut der Weise.
Fragen des Tags nächtens finden sich Antwort,
wenn eingelegt Ahnen ruhig aufsteigt dem Geiste.
Mannesschwert, kampferhoben, ist zweierlei:
Außen das Erz und innen der Wille.
Nie der Erwählte, der Kluge, der Reife säumt,
der Geschicke Bahn schon von fern zu erspähen.
Wer sich kennt, erkennt des Geschickes Verlauf,
seine Bestimmung.
Leicht der Nichtkennende strauchelt.
Arbeitsschaffen ist hohen Sinns Tat. Ob klein oder
groß.
Gedeihen sehend das Werk, ihr euch in ihm erkennt,
schöpft Freude und immer neu Kraft.
Aufmerkt! Vieles sag ich euch nicht alleine von mir,
stehe in Allvaters Pflicht - zuoberst sein Wort.
Danach erst das Trachten mein.

116

Gewiesen ist, daß auch Ischtara ihr hört. Botin ist
sie zu ihm.
Drum gebt ihr Ehre, Bildnis und Ort.
Am Tag vor der Zeit sie mag zu euch noch sprechen,
falls Allvater will. Drum freihaltet ihr Raum.
Der Ischtara schafft heilige Säule,
hoch aufgereichtet gen Himmel, wenn Wasserkrugs Zeit
naht.
Dann gehe über von mir zu ihr das Band,
dann küsset Ischtara Augen, Lippen und Scheitel.
So Ischtaras Licht leuchte dem kommenden Frieden -
wie zuvor dem Kampf Isais' Glut.
Was euch gesagt aus Isais' Mund:
Euch gilt's. Nicht allen Menschen. Nicht allen
Völkern.
Wäget, was zu wissen ist allen:
Allvaters Überschauen des Weltenheitensgeschehens,
Allvaters Sorge, Allvaters in allem wirkendes Wesen.
Ischtara und Isais: Sie gelten sonderlich euch.
Nicht jeder könnt fassen, was hier ist verlangt.
Nicht lasset danach greifen die Schwachen.
Verschieden sind die Bewohner der Erde,
unterschiedlich, was ihnen frommt, was ihres Amtes,
welcher Weise ihr Werk.
Erkennen helft einem jeden, zu finden das Seine;
denn jeglicher hat seinen Ort nach seiner Art.
Verwirren will Schaddains blutdampfende Klaue.
Lug ist ihm zueigen, Mißgunst lehrt er,
schürt den Neid vom einen zum andren.
Lauscht aller Stimmen, jedes Zeichens habt Acht.
Falschheit werfen in die Welt Schaddains Diener.
Vorsicht habt. Nicht vergeßt: Unrein ist die Menge
der Menschen dahier, abfielen sie alle aus Allvaters
Heim.
Groß ist das Übel, ehe Wasserkrugs Strahl hat
geklärt;
Hinterlist mannigfach, Verrat häufig, Tücke bewohnt
diese Welt.
Unschuldig allein sind die Tiere der Erde,
die Fische des Wassers, die Vögel der Luft und
alles,
was da kräucht, springt und läuft.
Unschuldig sind auch die grünend Gewächse.
Dies und diese all sind darum geheiligt.
Isais, mir, steht nahe die Katzenheit, groß und
klein.

Solche weiland standen im Kampfe mir bei
gegen die Mächte des Bösen an Grünlands Gestaden.
Im Katzengeschlecht ehrt ihr auch Isais' Art,
verwandt sind die Schwingungen beider Geister.
Wer ist der Stärkste? Wer der mutigste Held?
Der ist's, der da zieht durchs Jenseits und
durch Grünlands Gefild' in Allvaters Kraft,
durch treulichen Glauben, den inner' Blick gerichtet
zum himmlischen Reich.
Ewiges Leben ist da versprochen, unverbrüchlich
gegeben.
Merket: Es gibt keinen Tod!
Sterben heißt Anfang, erneutes Wandern durch andere
Weltengefüge.
Nichts schrecke euch, nichts bereite euch Furcht.
Das Licht leuchtet ewig - lebendiges Licht -
Teil davon fest in euch alle gesenkt.
Was Mensch ist auf Erden, Getier und auch grün'
Gewächs:
ewiglich lebt's immerfort.
Bewahret dies selige Wissen.
Heilig sich werden finden am Berg der Versammlung
hohe Fürsten im Schutze der Götter, weise zu walten.
Unter des Weltenbergs heimlichem Schirm,
unsichtbar den Augen der Menschen, unangreifbar da
steht,
faßbarer Stein, den Menschen bereit.
Aufragt von da des Weltenbaums Wipfel:
Keiner sieht ihn mit irdischem Auge - und doch ist
er da.
Heilige Stätten, heilige Haine, walllose Tempel:
Allvaters Atem dort anhaucht den Besucher.
Da wird der Suchende finden, ergründen der Himmel
Hauch.
Das ist das Ende - wenn diese Welt vergeht -
Himmel und Höllpfuhl bleiben bestehen.
Und keiner wechselt mehr den Ort.
Das ist das Ende: Wenn heimgekehrt alles zum Anfang.
Das ist das Ende: Wenn erfüllt alle Wanderwege,
wenn durchschritten einjeder und einejede das Tor,
wenn vollbracht jedes Werk.
Seligen Friedens dann sich alles erfreut, fern aller
Leiden,
entronnen jeder Qual: Wiedergewonnen Allvaters
Schoß.
Das ist das Ende. Ewiger Anfang erneut.

Licht aus dem Lichte scheint allen Wesen –
aller Wege Erfüllung. Noch fern ist die Zeit.
Dies sprach euch Isais, ich, Grünlands Maid.
Die Erwählten vermögen's zu fassen.

Der Beifall hält sich in Grenzen, und nicht nur der Bacchus verlässt mit seinem Gefolge jetzt fluchtartig die dämonische Untersberghöhle, denn der Ghost und die Untoten haben ihre Waffen aufgestellt und geladen, auch Goth und die Goten sind spurlos verschunden, quasi fluchtartiger Jenseitssprung, und die Isais schnappt den Baphomet mit den magischen Steinen und entkommt mit dem Zauberspiegel in die Jenseitswelt hinter dem Zauberspiegel, und der Platon und der Broker und der Wächter und die Verschwundenen sind auch verschwunden, und jetzt wird´s zappenduster in der unbeleuchteten Höhle, quasi nix wie raus, und dass dich danach der Taxifahrer war reines Glück, und dass der dich gleich zur Stammkneipe war auch reines Glück, und totaler Wahnsinn und alter Schwede und ganz großes Hallo und ui der Beiwagen steht auch schon neben dem Rotwein weil der Wirt: Erlösung!

121

18 Keine Höhlen, keine Ufos, keine Götter mehr

Du hast die Höhle danach nie wieder betreten, und Götter sind dir auch keine mehr erschienen, geschweige denn Höhlenbewohner, von denen hast du nie wieder etwas gehört, und wer braucht heute schon einen Baphomet oder einen Zauberspiegel, und siehst du, die wahren Abenteuer sind im Kopf.

Zwei Nächte hast du auch schon wieder auf der Wiese im Koma verbracht, und das im Spätsommer und nachts die Kälte und morgens der Tau, aber die Radfahrerin fehlte, du weißt schon, die die nicht anhält trotz Hallo! und Hilfe!, vielleicht tot, wer weiß.

Du hast kein Zeitgefühl mehr, und alle schauen dich merkwürdig an, denk mal neulich am Bankschalter, schon zwei Jahre keine Kontoauszüge mehr geholt, sagt die Bankerin.

Auch die in der Stammkneipe sind merkwürdig. Schon ewig nicht mehr gesehen, meinte der Wirt nach dem Taxi, du weißt schon, Höhlenflucht Untersberg Taxi Stammkneipe Rotwein mit Beiwagen, klar oder, und du zum Wirt wie ewig, und die Isolde und der Georg gleichzeitig zwei Jahre zu dir,

wir dachten schon du bist tot oder im
Heim.

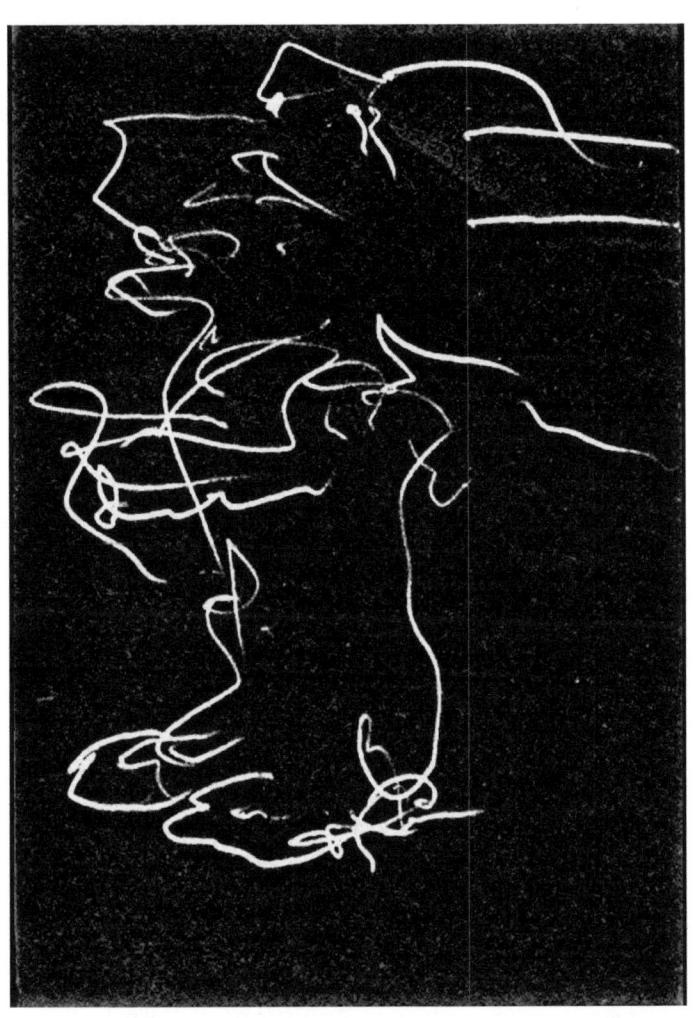

Epilog

Manche sagen du hast dich ganz schön verändert der Kopf der Blick die Haare und wie du, und siehst du, du spürst das auch dass da noch was, weil das war´s noch lange nicht denkst du, und was sind da schon die Götter und die Zauberkräfte und der Rotwein mit Beiwagen, das nutzt nämlich gar nichts, und seit du den Untersberg bist du zwei Mal die Woche im Altersheim weil schönes Geld, und neulich hat dir beim Waschen die dicke Emmi die Trompete, und so schlimm ist das gar nicht wenn du der Pfleger bist.

Vor einem Jahr hat die Isolde den Winnetou, aber was ist nach dem Untersberg ein Jahr, vielleicht fünf oder drei, wer weiß, und nach der Hochzeit noch mehr Stammkneipe und immer gemeinsam, und der Georg und die Isolde haben jetzt den Blumenladen.

Der Thorben hat sich letzte Woche aufgehängt, Krebs und Aids, und da kannst du den Pastor nehmen und den Hausarzt und die Religion und den Lehrer und die Frührente und den doppelten Beiwagen und den dreifachen Beiwagen, hilft gar nichts, und der Paul und der Wirt haben am Grab die

Rede gehalten, und danach haben alle am Grab den *Kameraden* gesungen dass der Pastor fast ohnmächtig so ergriffen, und du hast dich am Grab zweimal in einen Hund verwandelt, einmal Dackel einmal Bulldogge so irre und alle, und der Pastor hat dir vor Schreck den Weihwasserkessel hinterhergekippt als du mit einem großen Satz über das offene Grab gesprungen bist und gleich wieder zurück, und das hat gedampft und gezischt aber wie, quasi pudelnasse Weihwasserbulldogge, und dann ist der Sargdeckel aufgegangen und der pudelnasse Weihwasserthorben ist rausgesprungen, quasi Nosferatu, und dann geht das Geschrei los aber wie und gleich die Ambulanz aber schnell, und abends sitzt der Thorben schon wieder am Stammtisch und der Wirt und du und die Isolde und der Winnetou und der pralle Paul und alle, quasi Auferstehung, und nix wie rein mit dem Bier mit dem Rotwein mit dem Ramazotti mit dem Beiwagen mit dem Ouzo alles, und das ist eine Party und das ist eine Freude und das ist ein Vollrausch und das ist ein Koma aber wie, und dann hat die Isolde auf dem Klo noch für alle die Beine breit gemacht nachdem der Winnetou vom Pferd gefallen und unter den Stammtisch gerollt ist, und da ist er bewusstlos liegen geblieben, quasi Vollbrause,

und kaum der letzte leergeorgelt mit
der Isolde, erscheint der Bacchus mit
dem Sauf- und Sexteam am Tresen, und
der Georg wacht auf und sofort die
Isolde und ab aufs Klo und gleich den
Stecker, und schon spielt die
Analorgel, und der Georg drückt die
Tasten und immer lauter, und die
Isolde jault mit, und nach drei
Minuten erscheint der Bacchus im Klo,
und jetzt kann´ s losgehen…